魔幻偵探所

③

薩爾茨堡吸血案

關景峰 著

新雅文化事業有限公司
www.sunya.com.hk

魔幻偵探所

人物介紹

南森

身分： 魔幻偵探所創辦人、領頭羊

年齡： 120歲

畢業學校： 斯塔福德學院〈伏魔系〉

學位： 博士

捉妖經驗： 108年，獲得「捉妖能手」、「怪獸剋星」等稱號

性格： 遇事鎮定、善於思考，生氣時聽到幾句好話氣就消了

最具殺傷力的武器：
顯形粉、細妖繩、無影鋼鐵牆

海倫

身分： 魔幻偵探所成員，南森的得力助手

年齡： 13歲

畢業學校： 劍橋大學〈法術系〉

學位： 學士

捉妖經驗： 1年

性格： 開朗、逢事觀察細緻，吵架時總讓着本傑明

最具殺傷力的武器： 細妖繩、凝固氣流彈

倫敦貝克街1號有一家 **魔幻偵探所**，
成員們精通魔法，法術高明，在一系列緊張
而又富於冒險性的偵探過程中，他們並肩作戰，
成功偵破了一宗又一宗錯綜複雜、
動人心魄的魔怪案件。

本傑明

身分：魔幻偵探所實習生

年齡：11 歲

就讀學校：牛津大學（捉妖系）

捉妖經驗：3 個月

性格：聰明淘氣、遇事毛躁

最厲害的戰術：非常規戰術

保羅

身分：魔幻偵探所機械狗

年齡：100 歲

工作能力：無所不知的電腦資料
庫，善於用百分比分析事物

性格：異想天開、調皮、懶惰

最喜歡的食物：潤滑油

最具殺傷力的武器：追妖導彈

特級裝備

綑妖繩

能夠對準魔怪迅速旋轉收縮，將它綑緊綁實，繩子一旦落到魔怪身上，就像嵌入肉裏，魔怪越掙脫綁得越緊，當然放繩子時可要放得準才行。

無影鋼鐵牆

這堵牆其實就是氣流，它把氣流變成了無影無形的鋼鐵牆壁，能將敵人困在其中，衝不出去。

顯形粉

這是一種非常神奇的粉末，即使魔怪偽裝、隱形了也完全能顯現出它的原形。對了，「顯形」就是「現出原形」的意思！

裝魔瓶

能把魔怪收進裏面，使其在三天內化成清水的神奇瓶子。即使魔怪身形再龐大，也能收進瓶內。

幽靈雷達

能夠準確測定氣流存在的方位，並及時發出警報的裝置。它能跟蹤、測定魔怪在哪裏。不過，如果魔怪的魔力非常強，幽靈雷達有時候也可能測不到，它的更強大的功能還有待你去改進！

追妖導彈

能夠自動尋找魔怪，進行智能追蹤的導彈，這種導彈威力比較大，一般魔怪根本抵抗不了。

魔幻偵探開始行動！

目錄

第一章　旅行計劃

「真是太累了。」本傑明伸了一個懶腰説。他和海倫正在寫博士布置的魔法史作業，博士則在實驗室裏給機械狗保羅更新設備。

「玩遊戲機的時候你從來沒有説過累。」海倫抬頭看了他一眼，表情很嚴肅，「快點做，我很快就做完了。」

「我知道，管家婆。」本傑明非常不滿意地嘟囔了一句。

「是博士讓我看着你，要不你總是偷懶。」

本傑明衝她吐吐舌頭，然後低下頭繼續寫他的作業。不過沒一會兒，他又開始東張西望了。海倫已經完成了作業，她拿起了一本圖畫書坐到沙發上看起來。

「總是學習呀學習，背口訣呀背口訣，都沒有出去玩的時間了。」本傑明説着，鉛筆在他手裏飛快地打了幾個轉。他可沒有唸什麼口訣，這是他自己「苦練」出來的技巧。

「誰說總是學習？博士不是說過暑假的時候帶我們出去旅行嗎？」

「你說博士真要帶我們去旅行嗎？我在倫敦都呆膩了。」本傑明把頭湊近海倫，非常興奮。

「當然了。」海倫眉毛一挑，說：「博士什麼時候騙過人？」

「那你說他會帶我們去哪裏呀？會去夏威夷嗎？」

「我想可能是去阿爾卑斯山。」海倫兩眼放光地說，「去那裏避暑，還可以登山，太美了。」

「只要能出去，到哪裏我都無所謂。」

他們正說着話，這時實驗室的門開了，機械狗保羅從裏面跑了出來。

「你們兩個不寫作業，聊什麼呢？」

「連你也來管我。」本傑明笑着說，「你升級好了嗎？」

「當然，而且我現在能快速隱身了。」

「快速？有多快？」本傑明一臉壞樣地看着保羅，「唸完隱身口訣，一個月之後才能隱身嗎？」

「哈哈哈……」海倫被逗得笑起來。

「不用那麼長時間！唸好口訣後五秒鐘內就行了，

夠快吧？」保羅很得意地說，他對本傑明笑話他並不在意，「當然和博士唸好口訣就能馬上隱身相比，我還要加強練習……」

「那麼你現在就給我們展示一下呀……」海倫不再笑了，她認真地對保羅說。

「看不見我的形也聽不見我的聲。」保羅唸了句口訣。

果然，在保羅唸了口訣後大概五秒鐘的時間，他一下子就消失了。不過準確地說，是他身體的大部分一下就消失了，因為他還沒有很好地掌握這項「技術」，所以尾巴沒有隱藏住，仍然在那裏晃動着。

這下本傑明和海倫被逗得笑翻了天，本傑明一伸手就抓住保羅的尾巴，保羅非常吃驚地叫了起來。

「怎麼給你發現了？我用的可是AS-3000版本的隱身術，是最新版本呀。」保羅吃驚極了，

「你從哪裏學來的招術？怎麼看出來的？」

「別鬧了。」海倫拿開本傑明的手説，「你呀，尾巴沒有藏好還向我們炫耀。」

「啊？」保羅馬上回頭看看身後，再次調控了一下，尾巴終於不見了。

「這還差不多。」海倫説，「快復原吧，博士呢？」

「在實驗室裏收拾工具呢。」説着保羅復了原。

「哈哈哈……」突然間海倫和本傑明又笑起來，看到他們笑得前仰後合的樣子，保羅感到莫名其妙。

「喂，你們又笑什麼呀？」

「哈哈哈……快看看你自己吧……」海倫指着保羅的屁股邊笑邊説。

只見保羅的身體已經恢復了原形，但是他的尾巴卻依然處於隱身狀態，這樣保羅成了一隻沒有尾巴的小狗，樣子十分滑稽。

「又怎麼了？」保

羅吃驚地前後打量自己，「咦，我的尾巴呢？」

「尾巴出來尾巴顯形。」隨着保羅唸動口訣，他的尾巴終於露了出來，保羅得意地搖了搖它。

「和你『最後那部分』重新取得聯繫你一定感到很高興吧？」本傑明在一邊怪聲怪氣的說。

「還好意思說他呢，在唸錯口訣這一點上，你們兩個很相似……」海倫在一邊說。

「怎麼又提到我！」本傑明不再笑了，他有點不高興。

「嗨，博士給我裝備了新的追妖導彈。」保羅衝海倫和本傑明喊起來，「鎖定了目標誰也跑不了，要不要見識見識？」

「好了好了。」本傑明擺擺手，「以後會讓你顯身手的……保羅，最近偵探所事情不多，博士有沒有和你提起旅行的事呀？」

「說過。」

「真的嗎？」本傑明興奮地叫起來，「他說去哪裏呀？」

「去……」

「快說呀。」

「名字先不告訴你，方位在西經0.1度，北緯51.5度，知道了吧？」

「西經0.1度，北緯51.5度？這是……」本傑明仔細地琢磨起來。

旁邊的海倫突然捂着嘴偷笑起來。本傑明皺皺眉，突然叫了起來：

「那不就是倫敦嗎！你這個調皮鬼，看我不把你的尾巴揪下來……」

本傑明離開座位去抓保羅，保羅繞着桌子跑。為了抓住保羅，本傑明突然從桌子底下鑽了過去，差點就揪住保羅的尾巴，慌亂中保羅逃向實驗室，本傑明緊追了過去。

正在這個時候，實驗室的門開了，博士從裏面走了出來，保羅一下就從他的胯下鑽了過去，本傑明跟了過來一頭就撞到博士懷裏。博士被撞得一屁股坐在地上，海倫見狀馬上走過去扶他。本傑明看到自己闖了禍，站在原地吐了吐舌頭。

「本傑明！」博士捂着屁股咧着嘴，「我開始懷疑僱用你是不是我眾多英明決策中的一個了，哎喲，疼死我了……」

「絕對是，我最親愛的博士先生。」本傑明馬上過去幫海倫攙起博士，「我錯了，可誰知道你會突然從裏面出來呢？」

這時，保羅從實驗室裏搖頭晃腦地走出來，衝着本傑明狡猾地笑起來。

「都是保羅！」本傑明用手指一指保羅，「他戲弄我……」

「可是你説要把我的尾巴揪下來……」保羅立即還嘴。

「好啦好啦，不要吵了。」博士被攙着走到沙發前坐下，「本傑明快給我揉揉腰，我説過這裏有個老人你們要多加照顧，就是不聽。」

「我們很照顧你呀。」本傑明跑到博士身邊給他又是揉腰又是捶腿，「處處小心，什麼事情都讓着你呀。」

「亂説。」博士嚴肅起來，「昨天晚上遊戲機你就沒有先給我玩，你玩累了才給我的。」

「好啊！」海倫喊了起來，「我説你們白天怎麼都昏昏沉沉的，原來是半夜又偷偷玩遊戲機了？」

「啊……嗯……」博士發現不小心説漏了嘴，拚命

想主意，「最近案子不多……」

別看海倫才13歲，在生活安排上她可真是一個小管家，博士和本傑明多少有點「怕」她，不過也只有海倫能把魔幻偵探所的幾個房間整理得乾乾淨淨、整整齊齊，她來之前這裏可是亂糟糟的。

「你們的作業都完成了嗎？」博士想借檢查作業躲過海倫的批評。

「作業寫好了，不過我只能確定我的寫好了。」海倫把作業本交給博士，「先檢查我的，再説説你為什麼總是半夜起來玩遊戲機？」

「也不是每天都起來，偶爾起來，嘿嘿嘿……以後我一定少玩。」博士知道海倫又要開始嘮叨了，馬上承認錯誤，「最近比較清閒，我就玩了一會……」

接下來是博士、本傑明還有保羅都被小管家海倫説了一頓，海倫叫保羅看着博士，不許他半夜起來玩遊戲機，但是她哪裏知道，每次保羅都跟着博士一起玩，還總在一邊出主意。

在不出去破案的時候，倫敦貝克街1號的魔幻偵探們每天都是這樣輕鬆度過的。雖然博士是海倫和本傑明的老師，但三個人的關係更像是好朋友，再加上有保羅，

偵探所裏經常是打打鬧鬧、笑聲不斷。不過大家除了出去破案就是在偵探所裏學習，這樣的生活確實也有些枯燥，因此博士每年都會帶大家到外面旅行一趟。現在眼看進入了夏季，又是旅行的好時間了，本傑明當然有點坐不住了。

「我最最親愛的博士先生。」本傑明賣力地給博士揉腰捶腿，「我們什麼時候出去旅行呀？到什麼地方去呀？」

「還要出去呀？前幾個月不是去過尼斯湖了嗎？」博士故意逗他。

「啊呀，那是去破案呀，怎麼能算旅行呢？」本傑明反駁道。

「我支持本傑明！」海倫説，「那次可不能算是旅行。博士，你説話要算數呀……」

「你支持我？」海倫的「支持」有些出乎本傑明的意料，他想了想，

說：「不過在這件事上你確實應該支持我。」

「我倒是無所謂。」保羅跳上沙發，「這些天我在練習追街角的那些貓，日子過得很充實，不過出去走走也不壞……」

「好了好了，被你們吵死了。」博士對大家做了一個怪相，「其實我——早準備好了！」

「太好了！」本傑明聽說可以去旅行，跳起來抱住博士，高興地喊道，「博士萬歲！」

「我們這次去哪裏呀？」海倫興高采烈地問。

「薩爾茨堡！」博士大聲地宣布，「我們去莫札特的故鄉。」

「薩爾茨堡市，在奧地利西北部，它是世界文化遺產之一，有一條薩爾察赫河把這個城市一分為二，電影《仙樂飄飄處處聞》就是在那裏拍攝的。」保羅迅速地從自己的資訊庫裏尋找到相關介紹，急不可待地說給大家聽。

「這可真是太好了！」本傑明邊說邊搖晃着博士，博士都有點吃不消了，「我從沒有去過奧地利，聽說那兒是個好地方。」

「博士，你是怎麼選中那裏的呀？」海倫問。

「很簡單呀。」博士說着從口袋裏拿出了一張紙，「旅遊公司寄來了宣傳單，我選了選就選中了，那裏有各種風格的古堡、巍峨的阿爾卑斯山……」

「我喜歡爬山！」本傑明打斷博士的話叫道。他早已抑制不住自己的興奮情緒了。

「山上樹林茂密，溪水潺潺，小鳥鳴叫，空氣清新……」博士閉起眼睛想像着那裏的美景，突然他睜開眼睛，「算了算了，我也沒去過，到了那裏就知道了。」

「哈哈哈……」大家全被博士給逗笑了。

接下來就是做旅行的準備工作了，登山和野營的設備一樣都不能少。本傑明特意帶上他新買的望遠鏡。海倫帶了幾件很好看的衣服，這個倫敦小女孩想為那裏的山水增色。博士帶了幾本他喜歡的哲學書，他說爬山累了休息時看看書是最好的享受。三個人的背包都塞得滿滿的，只有保羅最輕鬆，他唯一的食物潤滑油放在博士的背包裏，什麼也不用帶。

到薩爾茨堡旅行要先乘飛機到德國的慕尼黑，然後乘長途車不到兩個小時就可以到達。保羅很快就訂好了飛機票，是後天的。

　　等待出發的日子真是難熬，本傑明的眼睛幾乎固定在了客廳的鬧鐘上，臨出發前的下午他甚至還跟着鬧鐘讀秒。海倫叫他不用這麼急，其實她自己也盼望着馬上出發。至於保羅，他更是歡蹦亂跳，外出旅行是他諸多愛好中的一種。他一走，貝克街街角的貓看來是可以清靜一段時間了。

　　終於到了出發的日子。飛機票是上午十點半的，可是本傑明早上五點就起牀，並迅速準備好了行裝，如果能夠天天出去旅行，倒是有可能改掉他睡懶覺的習慣呢。

　　十點半，飛機從倫敦準時起飛，目的地是慕尼黑。下飛機以後，他們坐上了直通薩爾茨堡的客車，車上的旅客有一大半都是乘坐同一架飛機的英國遊客，現在可正是旅遊的高峯期呀。

　　汽車行駛在通向薩爾茨堡的山間公路上，車上有個很英俊的年輕人不停地在向大家介紹那裏的美麗景色。他説他並不是導遊，而是因為喜歡這裏的美景，所以每年都來這裏度假。

　　「你好，先生。」海倫有問題問他。

　　「叫我道格拉斯就可以了。」

「你好！道格拉斯先生。」海倫很有禮貌地説，「你説我要是喝了薩爾察赫河的水能不能練好鋼琴？聽説莫札特就是因為喝那裏的水才成為音樂家的。」

「你喝多少都沒有用。」本傑明在一邊起哄，「那些因怕聽你彈鋼琴而搬家了的老鼠再也不會回來的。」

「本傑明！」海倫氣得臉紅紅的，「你拉小提琴不是更難聽嗎？連你自己都要堵上自己的耳朵呢！」

滿車廂的人全被這兩個可愛的孩子逗笑了。

第二章　古堡旅館的傳聞

汽車很快駛進了薩爾茨堡市的長途汽車站。下了車，博士他們叫了一輛出租車前往他們預訂的巴登旅館。旅遊公司的宣傳資料上說，這家旅館在城市南郊霍亨薩爾茨城堡附近，環境不錯。

到了薩爾茨堡沒多長時間，博士他們就發現，在這

座著名的旅遊城市裏，很多人都會講英語。而細心的海倫還察覺到，當那個出租車司機聽說他們要去巴登旅館的時候，臉上的表情看起來似乎有點怪異。當然，也許是自己太敏感了，海倫想。

　　車子開了不長的時間，巴登旅館就到了。一下車大家就被這裏幽雅的環境所吸引。旅館設在半山腰上，不遠處的山上就是著名的霍亨薩爾茨城堡，這座城堡已有九百多年的歷史，是中歐地區規模最大的城堡，它聳立於羣山之間，氣勢雄偉。山間的空氣非常清新，這可是工業化城市倫敦所不能媲美的。

　　「博士，你看……」本傑明指着眼前的巴登旅館，「我覺得這個旅館好像是座城堡呀。」

　　「它從前應該是座城堡。」博士點點頭。

　　「是由古堡改建的。」保羅很肯定地説，「不用啟動我的計算系統，憑我的經驗就能看出來。」

　　的確，從外形和旅館周邊的磚石結構來看，巴登旅館很像是一座很有些年頭的古堡建築。

　　「我們快進去吧。」海倫扛起她的大背包，「都快累死了。」

　　三個人帶着保羅走進了旅館。一進去就有眼前一亮的感覺，旅館的前廳裝飾風格很典雅，同整個外觀保持着高度的一致。廳內牆壁上的希臘神話題材的油畫，好像能把人帶進遠古時代。大廳的四角還擺放着幾尊羅馬式的雕塑，不過大廳前台後面那些顯示世界各地不同時

間的掛鐘，又非常明確地告訴所有進來的人這裏是一家
旅館。前台後面站着一位男士，此時正微笑着看着進來
的客人。

「你們好，歡迎光臨巴登古堡旅館，非常願意為你
們效勞。」遠遠的，那位男士就熱情地向博士一行打起
了招呼。

「你好。」博士走上前説，「我是來自倫敦的南
森，我們訂了個房間。」

「好的，請稍等。」男士低下頭查着什麼，「是
南森先生、本傑明先生和海倫小姐吧，你們訂了個大套
房？」

「是的。」

「在316房間，這是鑰匙，請拿好。」那人遞過來
一把鑰匙，他忽然看見站在博士後面的保羅，不由得表
情誇張地説，「啊，還好是一隻小狗。體形大的狗是
不許帶進客房的，當然也請你們多注意小狗的衛生問
題。」

「你可以放心。」博士説。他心想，保羅可能是全
世界最講衛生的狗了。

「漢斯，請帶客人到316房間。」男士笑笑，然後

向站在不遠處的一個男服務生招了招手。

那個叫漢斯的服務生馬上走了過來，他還推了輛行李車。

「你們好，歡迎光臨巴登旅館。」他把博士等人的旅行包全部放到行李車上，然後很禮貌地做了個手勢，「請跟我來。」

大家跟着他乘電梯到了316房間。這是一個大套房，包括一個客廳和三個房間。最大的那個房間博士帶着保羅住，兩個小的海倫和本傑明一人一間。這家古典味道很濃的巴登旅館可是一家四星級旅館，不過房價還算便宜，現在是旅遊旺季，能訂到這樣的旅館，博士覺得自己的運氣還不錯。

「這裏感覺很好。」海倫放下背包就坐到沙發上，「我喜歡這個套房。」

「看，外面真美。」本傑明一進來就打開了窗戶。

窗戶一打開，一陣清風就吹進了房間，讓人感到非常舒服。一眼望去，外面的山谷鬱鬱葱葱，美景盡收眼底，博士也走過來欣賞美景。

「你們可以到一樓的飯廳用餐，也可以請服務生送上來。」漢斯放好了那些行李説。

「好的，謝謝！對了，你們這間旅館好像是一座古城堡呀？」博士問。

「是的，先生。」漢斯說話的聲音一下子提高了不少，大概他比較樂於向旅客介紹自己工作的旅館，「它有三百多年歷史了，是一位男爵建造的，建築風格是巴洛克式與歌德式的混合體。七年前城堡的主人也就是那位男爵的後人定居瑞典，因此城堡被他賣掉，之後城堡被改建成旅館，以前這裏叫『巴登古堡』，我們沿用了它的稱呼，現在旅館的全稱就叫『巴登古堡旅館』，我們這個旅館在薩爾茨堡是非常有名的呢……」

說這些話的時候，漢斯眉飛色舞、如數家珍，看得出他在這裏幹得很愉快。

「不過好像旅客不多，這個季節旅館酒店的大廳裏應該是熙熙攘攘的。這裏怎麼……」博士說，他觀察事物一向是非常仔細的。

「是……因為社會上有些不利於我們這裏的傳言。」漢斯一下卡住了似的，「不過你不要相信，我還有事情，先走了，祝你們在這裏玩得開心。」

說完，漢斯匆匆地推門出去了。博士和他的助手們面面相覷，都猜想着究竟是什麼傳言使巴登旅館生意清

27

淡。聽了漢斯的這些話，博士和海倫好像都有點掃興，倒是本傑明漫不經心的。

「什麼傳言不傳言的。」本傑明説，「我們不去管它了，過一會兒先去吃飯，然後好好睡個覺，明天就出去好好地玩。」

「好的，就這樣吧。」博士索性也不去想什麼傳言，「現在是四點，五點半的時候我們去吃飯。」

三人把各自帶的行李放進自己的房間。保羅到了陌生的地方就容易興奮，他一會兒跟本傑明打鬧，一會兒和海倫説説笑話，開心極了。

到了五點半，大家説説笑笑地走下樓去飯廳吃飯，保羅則留在房裏看電視。博士他們沒有乘電梯而是走樓梯，走到一樓電梯口時，突然發現有個男士在朝他們招手。

「博士先生，海倫小姐，本傑明先生。」

「啊？！」海倫禁不住叫了起來，「是道格拉斯先生。」

「沒錯，是他。」博士也看到了道格拉斯先生。

「你們好呀，又見面了。」道格拉斯此時正要和漢斯上電梯，見到博士他們就停了下來，「你們住在這

裏？」

「是呀，道格拉斯先生，你也訂了這裏的房間？」海倫問。

「唉，我訂的是市中心的酒店，可那個房間原先的旅客不小心在山上扭傷了腳，需要休息兩天才能走，他沒有退房。」道格拉斯一臉無奈地説，「酒店裏的人就安排我轉到這裏住了。」

「這家旅館也很不錯。」本傑明在一邊説，「你進到房間就知道了。」

「這我知道。」道格拉斯皺皺眉，「不過聽説這裏鬧⋯⋯」

還沒説完，他就注意到旁邊的漢斯正在看着自己，眼神看起來複雜難測。

「我先上去，我在322房間，你們住⋯⋯」道格拉斯收回了他原本想説的話。

「316房間。」博士説。

「好，一會兒聯繫。」

正説着電梯下來了，漢斯推着行李車先進了電梯，道格拉斯先生也跟了進去，電梯關閉的那一瞬間，道格拉斯還對大家擠了擠眼睛。

　　吃晚飯的時候，大家沒有興高采烈地談論旅行，他們都在想着道格拉斯説的話。博士好像已經猜出了些什麼，表情有些嚴肅。本傑明左顧右盼，發現飯廳裏吃飯的人很少，要知道這個時候其他酒店旅館的飯廳都是爆滿的，看來這家旅館確實有問題。

　　吃過飯後，大家就匆匆地上樓去了。回到房間時，保羅仍趴在地上看電視，他比較喜歡卡通片和知識搶答類的電視節目。看到大家回來，保羅晃晃腦袋站了起來。

　　「你們都有心事嗎？」保羅感到有些奇怪，「我看100%的有心事。」

　　「在車上碰到的道格拉斯先生也來這裏住了。」本傑明肚子裏藏不住東西，「他説這裏不好。」

　　「我看挺好的呀。」保羅説，「景色優美，又可以收看到最新的卡通片。」

　　正説着，外面有人敲門。海倫馬上跑過去開門，進來的是道格拉斯先生。

　　「我想你們也該回來了。」道格拉斯一進門就説，「飯菜還合胃口吧？」

　　「挺好的。」海倫馬上説，「先生，你剛才説這裏

鬧什麼？」

「鬧鬼呀，這間旅館五年裏死了六名遊客，而且都是死在房間裏的。」道格拉斯很神秘地說，他壓低了嗓音，看起來很緊張，「如果不是實在訂不到別的旅館，我才不來這兒呢。」

「啊？」本傑明叫起來，「那……那他們都是怎麼死的呀？」

「警方鑒定是自然死亡，死者都是些老年人，犯了心臟病呀什麼的。」道格拉斯坐了下來，接着說，「不過哪裏有這麼巧，其他旅館雖然也有類似的事情，但並沒有死這麼多人。」

「有人看見過鬼嗎？」博士問。

「那倒沒有，不過死

31

了這麼多人，還都是半夜死的，不是鬧鬼是什麼？」

「原來只是猜想呀。」海倫長出了一口氣，說：「確實有點嚇人，不過大概是巧合吧。」

「有人說是巧合，不過也有人說是這個旅館裏有魔怪住着，這些年我每年都來這裏旅行，所以知道這些事情。只要市中心酒店的房間有空位，我馬上搬過去，你們最好也找找其他地方。」

「一些老年人如果四處遊覽玩累了，休息不好的確容易犯病。」博士想了想說，「但是在同一家旅館發生了這麼多的事，也難怪人們會懷疑。」

「那，那這裏到底有沒有魔怪呀？」本傑明急着問，他並不是害怕什麼魔怪，只是想如果現在又去抓妖除魔，那這次旅行就又變成外出破案了。

「這可不好說。」博士推了推眼鏡，然後轉身問道格拉斯，「你說呢？」

「我？」道格拉斯停頓了一下，然後聳聳肩，「很難下判斷，但還是小心點好，反正我住兩天就走，你們晚上睡覺前門窗一定要關好，我建議你們最好儘快離開這裏。」

「我們就不需要換地方了。」博士說。

「為什麼？」道格拉斯感到非常驚奇。

「噢，我是説我們是短期度假。」博士不願意輕易暴露自己的身分，「過幾天就回英國了。」

「那就好，我就不打擾了，我下去吃飯。」

道格拉斯起身告辭。海倫很有禮貌地把他送出了房間。回到房間後，她看見博士正把雙手抱在胸前，來回踱步——他在思考問題。本傑明坐在沙發上，兩隻眼睛跟着博士移動。

「是有些奇怪。」博士突然站住，他兩眼直視窗外，「不過目前看這裏還是挺正常的。」

「我也沒有發現有什麼魔怪存在的跡象。」保羅走近博士，「到底是巧合還是真有魔怪，我一時統計不出百分比，因為掌握的資料太少了。」

「總之我們要小心些，如果真有什麼魔怪，做了這麼多壞事卻沒被發現，妖術肯定不低呀。」博士若有所思地説。

「我反正不怕。」本傑明站了起來，握緊拳頭説，「要是有魔怪，碰上我們算他倒霉。」

「我們是不用怕，但也要小心。」博士拍拍本傑明的肩膀，然後看看大家，「我們要特別注意這個旅館裏

的情況，保羅晚上不要關機了，預警系統、火力系統都進入一級狀態。」

「好的，博士。」

在巴登旅館的第一個夜晚是平安無事的。經過一天的旅途，大家都有些累了。本傑明很早就上牀睡覺了，而博士和海倫特意在旅館裏轉了一圈，假裝欣賞牆壁上掛的畫，可是他們沒有發現有什麼可疑情況。博士只是覺得這個由古堡改造的旅館內部通道比較複雜，當然這應該是保留了以前設計的原因。

保羅看了整晚的電視，他可以連續幾個晚上不關機不睡覺也沒問題。半夜沒有卡通片看的時候，他就放卡通片的光碟，這是他自己特意帶來的。

沒有什麼異常情況，也許以前那些事情真是巧合，博士想。

第二天一早，大家就出發了。他們今天的行程主要是在薩爾茨堡的市區觀光。碧綠的薩爾察赫河將這座美麗的城市一分為二，北部是新城區，南部是老城區。莫札特的故居就在老城區，這當然是他們要去的地方之一，博士非常喜愛莫札特的作品。

夏季一到，整個城市到處都是遊客。市內的古建築

非常多，人們走進這些古建築彷彿進入到十八世紀。博
士不停地稱讚薩爾茨堡的古建築維護得很好。他們和其
他遊客一起穿梭在城市中間，完全融入了這座美麗的城
市，也都忘記了有關巴登旅館那些令人不快的傳言。

　　整整一天，博士他們除了吃午飯，幾乎沒有停下腳
步，要遊覽的地方實在太多了。花一天時間遊覽完整座
城市是不可能的，下午快到六點的時候，博士帶着大家
回到了旅館。

第三章　道格拉斯受傷了

博士他們剛到旅館門口，就看見漢斯在那裏漫無目的地轉來轉去。巴登旅館的房客不多，在這個旺季裏也大概只有不到六成的房間有人入住，所以旅館的工作人員大都無所事事。

「你們好，玩得好嗎？」漢斯看見他們後非常有禮貌地問。

「很好。」本傑明說，他的上衣上別着好幾枚旅遊紀念章，「你們這座城市太美了。」

「謝謝。」

「漢斯先生，看看我在門希斯山台階拍的照片吧。」海倫把幾張一次成像的照片拿給漢斯看。

門希斯山台階就是電影《仙樂飄飄處處聞》中女主人公瑪麗亞帶着孩子們唱《Do Re Mi》的地方。海倫在那裏照了不少照片，有自己的獨照還有和博士、本傑明的合影。

「照得真好。」漢斯拿着照片笑瞇瞇地說，「長大

36

以後你也會跟瑪麗亞一樣漂亮的。」

「謝謝。」海倫高興地説。

「小狗這張照得很神氣。」漢斯拿着一張保羅追本傑明的相片説，那是本傑明招惹保羅時照的。

保羅馬上立起身去看照片。

「他聽懂我説話了。」漢斯興奮地摸摸保羅的頭，「真聰明呀。」

「我還知道你叫漢斯呢。」保羅想。

博士拿着照片一張張地給漢斯講他們到了什麼地方。正在這個時候，一輛出租車停在門前。漢斯馬上去接待客人，車停下後，客人沒有下來，而出租車司機卻走下來去開車門。這是什麼樣的人？能受到這樣的待遇？博士他們還沒走，大家好奇地看着。

車門開了，走下一個人，原來是道格拉斯。海倫笑着剛想問他今天怎麼這麼有派頭時，猛然發現他咧着嘴，右手托着左手。他的左手明顯受了傷，裹着傷口的毛巾上看見滲出的血跡。漢斯馬上也跑到他身邊。

「道格拉斯先生！」博士也迎上去問道，「你這是怎麼了？」

「哎，登山時被樹枝劃破了手，傷口流了不少

血。」他聳聳肩膀，說：「不過也沒什麼，只是輕傷，現在血已經止住了。」

大家圍着「身負輕傷」的道格拉斯問長問短，他左手上的傷口的確不重，道格拉斯也顯得漫不經心。海倫從司機手裏接過道格拉斯的包，付車費給司機。

「我要送他去醫院他說不用。」司機接過錢說，「傷得應該不重，你們快給他重新包紮一下吧。」

大家和道格拉斯一起走進旅館大門，漢斯叫他先坐到沙發那裏休息一下，然後他跑去給值班經理打電話，值班經理那裏有急救箱。

不到一分鐘值班經理就來了，他身材高大健壯，相貌英武。

「發生了什麼事，漢斯？」

「亨克先生。」漢斯轉過身對來人說，「有位客人受了傷，請你給他包紮一下。」

「好的。」叫亨克的值班經理走到道格拉斯旁邊，看了看他的左手，「我幫你包紮一下吧，先生，你可真不小心呀。」

道格拉斯的手掌上有一個挺長的口子，還好比較淺。亨克小心謹慎地用酒精棉球給他擦了擦傷口，傷口

38

又流出了一點血，由於酒精的刺激性，道格拉斯痛得咧了咧嘴。

「嘶——」他吸了口氣。

「很痛嗎？」亨克很不安地看看道格拉斯先生，「我再輕些。」

「還可以，嘶——」道格拉斯又吸了口氣。

亨克非常仔細也非常耐心地給傷者洗好了傷口，海倫覺得這個旅館的工作人員真的很熱情細緻，對待房客就像對待自己的家人一樣。

傷口處理好以後，亨克用紗布把道格拉斯的手重新包了起來。

「好了，可能有點不方便，但是不礙大事。」亨克邊收拾急救箱邊説，「山上有的地方比較陡峭，林木很茂密，你一定要當心。」

「謝謝你，非常感謝。」道格拉斯有點不好意思地説，「你們這裏景色太美了，我只顧着玩……請問你是……」

「這是我們今天的值班經理亨克先生。」漢斯馬上給大家介紹，「他是我們旅館的客房部經理。」

亨克微笑着對大家點點頭説：「有什麼事諸位只管吩咐，本旅館一定盡全力為各位服務。」

「我們對貴旅館的服務非常滿意。」博士也笑着點點頭，説：「薩爾茨堡的風景也很迷人。」

「謝謝，祝你們玩得開心。」亨克經理拿起急救箱，説：「那我先上去了，明天見。」

　　説完他起身上樓，朝二樓的值班室走去。博士他們則和道格拉斯一起向電梯走去，道格拉斯一直托着左手臂不敢放下來。

　　「你們不用這麼緊張。」道格拉斯一進電梯就笑着説，「我又不是重傷者。」

　　「可你確實不方便呀。」海倫一直抱着他的背包。

　　「真是倒霉，剛住進這家旅館就碰到倒霉的事情。」道格拉斯突然壓低了聲音，「我聯繫過其他旅館了，明天就可以搬到城裏的酒店去住。」

　　「是你自己不小心，」本傑明多少有些不滿意地説，「他們的服務很好。」

　　道格拉斯沒有説話，托着受傷的手看着電梯頂部。

　　把受傷的道格拉斯送到房間以後，博士他們回到了自己的房間。由於玩得太累，他們只是簡單地叫了三份套餐，吃好以後本傑明第一個跑去睡覺。這天晚上在房間裏「值班」的仍然是保羅，他繼續津津有味地看卡通片。

第四章　遇害

半夜十二點的時候，保羅仍在看着卡通片，電視裏一隻大狗正受到小松鼠的戲弄。看到自己的同類受到如此戲耍，保羅非常氣憤，恨不得跳進電視裏去打抱不平。

正在這個時候，保羅身上的預警系統突然啟動，發出了警報，他一下就站了起來，飛快跑到博士所住的房間門外敲門。

「快起來，博士，有情況。」

博士和海倫先後被他叫醒。

「怎麼了，老伙計？」

博士披着睡衣走出他的房間。

「搜索到一個叫聲，就在十幾秒鐘前。」保羅急忙說，「屬於A級慘叫聲，經過分析，這種聲音是人類遭遇魔怪襲擊時才發出的！」

博士馬上打開套房門，保羅一下就竄了出去。在門口他東聞聞西嗅嗅，突然他向左邊飛奔幾步，來到322房

間門口，狂叫起來。

「啊？！」海倫驚叫起來，「這是道格拉斯的房間。」

保羅繼續衝房間門狂叫。博士明白保羅的意思，這裏面肯定出事情了。他推了推門，但門從裏面鎖上了。

「鎖開開，開開鎖。」博士唸着口訣，房間門一下自動打開了。

保羅體內貯存着三種主要的慘叫聲類型：
A級慘叫聲（人類遭遇魔怪時發出的慘叫聲）
B級慘叫聲（人嚇人，嚇死人時發出的慘叫聲）
C級慘叫聲（人類受傷，悲痛絕望時發出的慘叫聲）

保羅聽到的慘叫聲，代表旅館裏了發生什麼事？

博士第一個衝了進去，接着海倫也跟了進來。屋子裏黑乎乎的，什麼也看不見。房間的窗戶好像大開着，風吹了進來。

「道格拉斯先生？」博士非常警惕地叫了一聲。

沒有回答。

海倫打開了房間裏的燈。

「啊？」她驚叫起來。

只見道格拉斯先生斜躺在地上，在燈光照射下，他臉色慘白，雙眼緊閉着。

房間的窗戶大開，窗簾被風吹拂着。

「怎麼了，怎麼了？」本傑明穿着睡衣也跑了進來，看到這一幕他頓時呆住了。

「你們不要動。」博士對兩個助手擺擺手，「我來看看。」

博士走近道格拉斯，小心地用手打開他的雙眼，看了看瞳孔。

「還活着，你們快去通知旅館，並馬上報警。」

海倫和本傑明馬上向一樓跑去，博士繼續小心地檢查道格拉斯的身體情況。

沒過幾分鐘，亨克先生和漢斯等幾個旅館服務生急

匆匆地跑了進來，海倫和本傑明也夾在他們中間。

「已經報警了。」海倫氣喘吁吁地説。

「好的，馬上送他去醫院輸血，他失血過多會有生命危險。」博士招呼那些服務生來抬道格拉斯。

「他失血過多？」一個服務生瞪大眼睛問，「可地上沒有一滴血呀！」

「先不要管太多了。」漢斯也去抬那可憐的人，「趕緊送醫院。」

幾個服務生把道格拉斯抬下樓，用旅館的車送去醫院，海倫跟在旁邊，博士特別提醒她見到醫生馬上建議給道格拉斯輸血。今天的值班經理亨克幫他們把道格拉斯抬下樓後，又跑了上來。

博士仔細地查看房間的情況，裏面沒有半點搏鬥的跡象。博士走到窗戶邊，看到外面就是旅館的草坪，那個害人的傢伙很可能是跳窗逃走的。博士開始判斷傷害道格拉斯的是人還是魔怪，表情非常嚴肅。保羅在房間裏轉了幾圈，也在搜索着什麼。亨克站在房間門口，面部表情十分複雜。

「怎麼回事？」

隨着説話聲走進來幾個警察，帶頭的警官比較胖，

留着兩撇「八」字型小鬍子。

「是拉爾森探長呀。」顯然亨克認識他，就轉頭問，「你好，我們這裏出事了。」

「什麼事情？」拉爾森探長問，突然他看見博士，「你是誰，在這裏幹什麼？」

「他是南森先生，是他發現這個房間的道格拉斯先生出事的。」亨克馬上解釋。

「知道了。」探長說，他的語氣非常傲慢，「這裏現在交給警方了，你們回自己房間去，我稍後會找你們的。」

「你好，探長先生。」博士走到探長面前，說：「我是倫敦來的南森，有些事情我要向你說明一下。」

「到時候我會去找你。」探長很不高興地說，「現在我神探拉爾森要檢查現場了。」

「好的探長……拉爾森神探。」博士非常紳士地點了點

頭，「那你忙吧。」

博士帶着本傑明向自己的房間走去，保羅也跟了出來。探長帶着他的手下開始在道格拉斯的房間裏檢查現場，他自稱「神探」，看來很自負。

回到房間，博士撥通了海倫的手機。海倫說醫生發現道格拉斯失血很多，馬上給他輸了血，現在道格拉斯已經蘇醒了，沒有生命危險，但是他好像失去了記憶。博士叫海倫快回旅館。

「到底怎麼回事呀？」本傑明急切地問，「怎麼倒霉事都叫道格拉斯先生碰上了？」

「是吸血鬼！道格拉斯的脖子上有吸血鬼特有的齒印！」博士冷峻地說，他眉頭緊鎖，「旅館裏有魔怪不是傳說！幸虧保羅報告及時，再晚點的話道格拉斯的血就被吸光了。」

「啊？！」本傑明大吃一驚。

「你怎麼看，老伙計？」博士問保羅。

「和你的判斷差不多。」保羅開始進行資料統計，「應該不是人類幹的，不過除了那牙印，房間裏沒有其他顯示魔怪作案的痕跡。」

「看來是一個魔法非常高超的魔怪，他的魔力可以

抹去任何顯露魔跡的地方。」博士臉色沉重地說，「看起來這個旅館以前發生的事情也沒那麼簡單了。」

「我們又遇到對手了？」本傑明問。

「對，而且是十分強大的對手！」

正說着話，海倫回來了，醫院離這裏很近。本傑明馬上把博士的發現告訴了她，海倫自然也是非常吃驚。

「只能等道格拉斯先生恢復記憶以後去問問他了。」博士好像是在自言自語，「也只能這樣了。」

這是一個不眠之夜。博士在房間裏仔細地思考着整個事件的來龍去脈，但是一點頭緒也沒有。他叫海倫和本傑明帶着保羅在整個旅館裏搜索了一遍，但也沒有發現任何有魔怪藏身的跡象。由於聽說有人遇害，絕大多數旅客在半夜時分陸續退房離開，整個旅館亂哄哄的。

博士往醫院裏打了個電話，是以道格拉斯的英國朋友身分打過去的。醫生說道格拉斯幸虧被及時送到醫院，輸血後已經沒有生命危險了。但是他的記憶已完全喪失，至於何時能夠恢復，醫生也說不準。

「可能是被嚇壞了。」博士想。遭到魔怪攻擊的人經常會發生喪失記憶的情況，不過經過救助後一般都能夠恢復記憶。但願道格拉斯能很快好起來，這對破獲這

個案件、抓住魔怪起着關鍵作用。

　　這時，本傑明和海倫從外面偵查回來，他們報告說沒有發現什麼異常情況。博士點點頭，他早就預見到了，現在還是先等那個叫拉爾森的探長來問話吧。

　　可是那個神探左等也不來，右等也不來。

　　直到第二天早上八點多，終於有人來敲門。大家都以為一定是探長來問情況了，博士去開了門。門一打開，來的人卻不是探長，而是一個曾經和海倫一起送道格拉斯去醫院的服務生，海倫知道這個服務生叫萊曼。

　　「你是南森先生嗎？」萊曼問。

　　「是的。拉爾森探長叫你來傳話嗎？他說過要向我們了解情況。」

　　「不用了。」萊曼説，「你們不用害怕了，更不用退房了，我是來通知你們一聲……」

　　「怎麼？」

　　「案件偵破了，兇手是漢斯，這個傢伙，我可真沒看出來。」

　　「啊？！」

第五章　謎團接踵而至

神探拉爾森這麼快就破了案，作案者居然是漢斯！這實在令人震驚，更令博士他們難以理解。

博士急急忙忙地去找拉爾森探長。探長正好從大廳裏準備往外走，這時還可以聽見門口的警車裏漢斯在叫喊。亨克站在門口非常遺憾和不解地看着警車搖着頭，博士馬上跑上去攔住了探長。

「探長先生，我有問題要跟你談談。」

「噢，是你呀。」探長好像剛剛想起博士，他拉住了一個同行的警察説，「威廉，你記錄一下這個人的談話，是他發現現場的。」

「我想和你單獨談談，我有非常重要的事情。」

「不用談了，疑兇抓到了，我還要進一步審訊他。」

「你抓錯了！」博士有些憤怒了，「不是他幹的。」

「你？！」探長站住了，憤怒地瞪着博士，「囉嗦

51

的英國佬，你想幹什麼？」

　　「幫你糾正錯誤，你抓錯人了知道嗎？愚蠢的傢伙！」

　　「你？！你是誰？！」

「我是南森，倫敦魔幻偵探所的南森。」博士把頭湊向他，用極小的聲音説。

「啊？」探長有些吃驚的表情表明他曾聽過這個名字，也知道博士是做什麼的。

「我有重要的情況和你講。」博士停頓了一下，加重了語氣説道，「需要單獨講。」

「我只給你五分鐘。」探長妥協了。

在人們驚奇的注視下，兩人走到一間值班室。博士關好了門，探長一直盯着他，臉上的怒容還沒有褪去。

「我發現了吸血鬼的牙印，就在受害者的頸部。」博士開門見山地説，「是魔怪幹的不是人幹的，這點我可以肯定。」

「我、我、我也沒説就是人幹的呀。」聽到博士説是吸血鬼作案，探長似乎吃了一驚，不過他還是很傲慢，「也許是漢斯勾結魔怪幹的，你們一來他就跳窗逃走了。我知道你有些名氣，也多虧了你發現及時，但我也是神探，我抓過販毒的、偷車的，還抓過殺人犯，從沒失誤過。明白嗎？這個案件由我來處理，和你沒關係。」

「你怎麼斷定是漢斯勾結魔怪幹的呢？」

　　「我當然有證據，在322房間裏發現了漢斯丟失的一粒鈕扣。」探長洋洋得意地拿出了一個塑膠袋，裏面裝着一粒鈕扣，「就是這個。」

　　「我在你之前就檢查過那個房間，怎麼沒有發現鈕扣？」

　　「噢？」探長聳聳肩，説：「虧你還是著名的偵探，檢查現場這麼不仔細，就在沙發腳那裏。」

　　「可我仔細檢查過那裏，沒發現……」

　　「行了，先生！」探長很不客氣地打斷博士的話，「我相信我的判斷是正確的，我要去審問漢斯了，我也能找我們這裏的魔法師抓他的魔怪同夥。」

　　「可是探長……」博士還要説什麼。

　　「再見，發現兇案現場的情況可以跟我的手下談，他們會記錄的。」探長頭也不回地開門走了出去。

　　「真是個傲慢無禮的傢伙，」博士看着探長的背影想，「如果這個地方前幾次出現的房客死亡事件也是由他來斷案，肯定不了了之。」

　　博士很不高興地回到了自己的套房，海倫和本傑明都在等他。此時天已經亮了。

　　「他們發現了一粒鈕扣，説是漢斯的。」博士接過

海倫遞來的水喝了一口，「可我先前檢查過那房間呀，並沒有發現那粒鈕扣。」

「我也仔細檢查過。」保羅湊上來説，「如果真有鈕扣我肯定會發現的，沒有什麼東西能逃過我的眼睛。」

「剛才我聽一個服務生説，漢斯放在更衣室裏的工作服上確實少了一粒鈕扣。」海倫説。

「那粒鈕扣是巴登旅館工作服上專用的，特別明顯。」本傑明接着説。

「現在大家都説是漢斯勾結吸血鬼害人的。」海倫繼續補充，在博士和探長談話的時候，她和本傑明在外面打聽到不少消息，「這裏的人都説是吸血鬼幹的壞事，地上沒有一滴血，而道格拉斯先生身體裏的血卻少了一半。」

「我看不像是漢斯幹的。」本傑明説，「他樣子很老實，不過，也許他是裝的。」

「那麼鈕扣是怎麼放到房間裏的呢？」博士還在思考這個問題，「我們不可能遺漏什麼地方呀，保羅使用的可是遠紅外線掃描系統。」

海倫和本傑明馬上都不説話了，全看着博士。這是

時間線索：

魔怪作案 → 魔幻偵探進入房間檢查現場
（此時魔怪已逃走或者藏在房間中） →
亨克和服務生將道格拉斯抬走 → 魔幻偵
探們離開房間 → 探長在房間中找到鈕扣

鈕扣是什麼時候被放到房間呢？

博士集中精力思考問題的時候，不能打斷他。

博士開始習慣性地在房間裏踱步，還不時地推推自己的眼鏡。大概過了十分鐘，他停下了腳步。

「很有可能那個魔怪一直隱藏在旅館裏的什麼地方！我們離開房間後，他再把鈕扣放進去，這對他來講應該不是什麼難事。」

「他藏在這個旅館裏？」本傑明一驚，「保羅發現不了他嗎？保羅有魔怪報警系統呀。」

「他那個系統並不完善，還不能檢測魔力高超、能深度隱藏的魔怪。」博士搖着頭説，「什麼裝置系統都不會是萬能的。」

「那……」本傑明馬上看看周圍，「那個魔怪會不會就在我們身邊呢？也許他已經發現我們是降妖伏魔的偵探，半夜會來害我們呢。」

「對，你提醒了我，這不得不防。」博士説着拿出一個球狀的物體，裏面裝的是顯形粉。他把顯形粉隨手一拋，然後拍拍本傑明的肩膀，説：「房間裏現在飄着我撒的顯形粉，那個魔怪一出現就會暴露。」

「這樣我就放心了。」本傑明真的鬆了口氣，「不過五天以後這些顯形粉就失效，這次顯形粉我們帶得可不多。」

「只有先這樣了，現在也沒有什麼辦法。」博士很無奈，「大家先休息一下吧，一會兒我們去看看道格拉斯，也許能有些收穫。」

折騰了一個晚上，大家確實有些疲倦。不過他們躺下以後全都沒有睡着，還都想着這個案件。

中午的時候，博士帶着助手們來到了醫院。道格拉斯已經脫離危險期，博士向院方説明了身分之後，進入了房間。

道格拉斯躺在牀上，他兩眼無神，還沒有恢復記憶。博士讓海倫給他喝了急救水，看看他能不能恢復部

分記憶。

「道格拉斯先生，」海倫呼喚他，「我是海倫，你記起來了嗎？」

「我是本傑明，南森先生來看你了。」

「你聽到沒有？」

海倫和本傑明喊了半天，但是道格拉斯沒有絲毫反應。博士緊張起來了，一般人喝下急救水後身體不但可以很快康復，失去的記憶也會隨之恢復。

「道格拉斯先生！」博士也湊近他，並抓住他的手，「你醒醒呀。」

道格拉斯突然有點反應了，他毫無生氣地看看博士，微微抬起了頭。

「我不知道你在説什麼，我好像不認識你們。」説完他閉上眼，誰也不理。

「他被那個魔怪施了失憶魔法了！」博士鄭重地説道，「解開這種魔法非常困難。」

「什麼？」海倫大吃一驚，「碰上這麼厲害的魔怪呀？」

「保羅，」博士叫他的老伙計，「來看看是不是這樣。」

　　保羅飛身竄到了道格拉斯躺着的牀上，用鼻子在那可憐的人的頭上和身上聞了半天。

　　「是被施了魔法的樣子。」保羅説，「喝急救水解不開這種魔法。」

　　「怎麼才能解開呢？」本傑明看着道格拉斯，急切地問博士。

　　「要由施魔法的魔怪自己來解除魔法，僅憑服用我們的急救水，至少要兩年以後他才有可能恢復全部記憶。」

　　「啊？要兩年時間？到時魔怪早跑了。」

　　「這兩年時間裏他必須定期服用急救水，否則兩年一過他將終身喪失記憶力。」

　　「這麼嚴重呀！」海倫感到非常難過，同時也有一些恐懼，「這可真是沒有想到。」

　　「遇到對手了。」博士心情沉重地説，「重要的是這個魔怪很可能還藏在旅館裏，他怎麼總在這個旅館出沒而不到別處呢？」

　　最後這句話博士是對自己説的，現在謎團越來越多了，解開這些謎團似乎也越來越難。

　　這次魔幻偵探所的幾個人沒有什麼收穫，只能先回

旅館。他們一進門，就看到亨克先生在大廳的前台後面坐着，看到博士後他馬上站了起來。

「博士先生，你們沒有退房，真是太好了，謝謝你們對本旅館的信任。」亨克微笑着說，「不過案子破了，你們可以安心地住下來了。」

「知道了。」博士皺皺眉頭。

「去看望道格拉斯先生了嗎？」亨克問，「他好些了嗎？」

剛才離開旅館的時候，海倫跟服務生萊曼說過他們去看望道格拉斯，亨克看來也知道了。

「身體還好，就是失去記憶了。」博士直言相告。

「真是不幸，希望他儘快好起來。」亨克很遺憾地說，隨後他轉入了主題，「對了，我們已經通知了道格拉斯的家屬，他的母親馬上會坐飛機過來。她聽說是你救了道格拉斯先生，說一定要當面謝謝你，到時候我帶她去你的房間。」

「好的。」博士說，「她什麼時候到？」

「大概今天晚上。」

回到了房間，海倫和本傑明都一副垂頭喪氣的樣子。

「不要灰心。」博士拍拍本傑明的頭說，「當魔幻偵探肯定會遇到困難和挫折，要相信自己！」

「就是，我們的職業就是迎接挑戰。」保羅卻信心十足，他一下跳上沙發，坐在海倫身邊。

「這個我們知道。」海倫說，不過她情緒還是不高，「可是現在那個魔怪隨時可能出來害人，漢斯卻被當作壞人抓了起來，情況太糟糕了。」

本傑明在一邊還是沒有說話，一副無精打采的樣子。

「跟着我馬上調整狀態。」說着博士走到窗戶那裏，一把推開窗戶，然後深吸一口氣說，「先深呼吸，然後告訴自己『我能成功！』你們試試。」博士將本傑明拉起來，「振作點，不要垂頭喪氣的。」

本傑明被博士拉到窗邊，學着博士做了個深呼吸，然後喊了句「我能成功！」海倫也跟着做了一遍。

「感覺怎麼樣？」博士笑着問。

「似乎好一些。」本傑明抬頭看看博士，「我是說似乎。」

「好！」博士很高興，「現在我們認真從頭分析，一步步來。海倫，你覺得漢斯會勾結魔怪作案嗎？」

「現在不能完全説不會，但可能性不大。」

「為什麼？」

「因為我們都在那個房間仔細檢查過，沒有發現漢斯的鈕扣，但是後來那粒鈕扣卻出現了。」海倫邊説邊看博士，博士微笑着鼓勵她繼續説下去，「這反倒説明那個魔怪在嫁禍於人，我甚至認為誰都有可能是兇手，漢斯則可以排除。」

「説的很對！」博士興高采烈地叫了一聲，「就是這樣的，同時這也説明一點，就是那個魔怪雖然有些魔力，但是他的智力與他的魔力相比要差很多，因為他使用這麼愚蠢的辦法來嫁禍於人，實在是沒有創意！」

「確實沒有什麼創意。」本傑明的情緒被調動起來了，「是個蠢魔怪！」

「對！遇到個蠢魔怪，有什麼可灰心的？」博士繼續説，「我相信我們一定可以找到突破口！」

不知不覺的，博士的兩個小助手本傑明和海倫信心開始增加。

「本傑明，你説那粒鈕扣是魔怪什麼時候放到道格拉斯房間裏的？」博士問出了關鍵的一點。

第六章　漢斯回來了

「一定是在我們離開那以後。」本傑明想了想說道。

「那道格拉斯先生被魔怪抹去記憶又是在什麼時候呢？」

「這……」本傑明開始思考起來，他抓了抓自己的頭髮，「保羅發現有魔怪在害道格拉斯，我們衝過去他肯定慌忙逃命了，應該沒有時間去抹去記憶，那……應該是在道格拉斯離開旅館以後吧？」

「分析得很有道理，應該是在去醫院的途中或醫院裏。」博士讚許道，「我也是這樣想的，還有一個重要的問題，我們遇到的是一個魔力很深的魔怪，可是他為什麼在我們到322房間的時候跳窗戶呢？他可以隱身穿牆逃走呀，或是穿窗而出，根本不用打開窗戶。注意，道格拉斯打開窗戶睡覺的可能性極小，他可是一直對這個旅館的安全性存有戒心的。」

「也許裏面還有個人，是他勾結魔怪的，我們一來

他馬上跳窗戶離開，魔怪則飛走了。」海倫開始分析。

「有這種可能，如果是這樣，這個旅館裏的每個人就都有嫌疑了。」博士說着用手指了指門外。

「你是說亨克、萊曼他們或者是其他工作人員嗎？」海倫又感到疑惑了，突然她笑了一下，「那漢斯可又重新回到嫌疑者隊伍裏了。」

「我怎麼覺得我們是在繞圈子呀。」本傑明有些不解地說。

「這裏的旅客也有嫌疑，要是外面的人勾結魔怪就更難找了，不過根據這個旅館這幾年接連發生的案件看，嫌疑者應該是這個旅館內部的人，而不可能是外人。」博士突然笑了，「你們看，其實圈子已經縮得很小了。」

本傑明和海倫對視了一下，點了點頭。

「那會是誰呢？」海倫問，「這可是個很大的旅館呀，聽說有八十多個員工呢！」

「所以我們還要努力，仔細去找線索。」博士嚴肅地看着海倫和本傑明，「你們記住，那個魔怪並不聰明，肯定會留下什麼線索。」

「是的，博士。」海倫和本傑明回答得很乾脆。

「是的，博士。」保羅在一邊也搶着回應，唯恐把自己落下。

調查工作緊張而有序地展開了。魔幻偵探所的三個偵探此時早忘記了遊山玩水的心願。本傑明和海倫在旅館裏到處活動，仔細了解情況。旅館裏的人以為他們是小孩子鬧着玩，根本就沒有想到他們是在破案。這些天巴登旅館的房間十室九空，沒走的都是些膽子非常大的旅客，這些人中也有一些是對案件非常感興趣的。

　　旅館的工作人員這些天幾乎是在放假，幾乎無事可做，總是聚在一起議論着案情，有不少服務生陸續辭職。

　　本傑明和海倫沒有打聽到什麼有價值的消息，不過他們沒有再表現出灰心的樣子。他倆聽了不少傳聞，都是聳人聽聞、不切實際的，例如漢斯就是吸血蝙蝠的化身什麼的。博士叫他們不要洩氣，利用他們小孩子不會引起注意的身分繼續找線索。

　　晚上，博士他們沒有下去吃飯，海倫打了個電話，叫了三份套餐。但是等了好半天也沒有送上來。海倫又打電話去催，餐廳説已經送上來了。

　　又過了好一會兒，才有敲門聲。海倫開了門，只見一個非常年輕的男服務生推着餐車站在門口。

　　「是海倫小姐訂了三份晚餐嗎？」

　　「是的，怎麼這麼長時間才送到？」海倫埋怨道，「這可超過了你們旅館規定的時間了。」

　　「不好意思，我叫海德，今天才來上班，原先負責送餐的那些人全都辭職了。」這名男服務生帶着歉意説，「這個旅館的通道真難認，我轉迷路了。」

　　「那算了。」海倫原諒了他，「沒關係的。」

「謝謝。」

海德把晚餐放好，並沒有馬上離開。

「你們膽子不小，還敢住這裏，好多旅客都跑了呢。」看樣子海德挺佩服博士他們的。

「你膽子也很大呀。」博士笑了，「還敢來這裏上班。」

「我從小就膽子大。」海德得意洋洋地說，「我就不怕什麼魔呀怪呀的！在這兒上班我覺得還不錯。」

海德推着餐車走了。大家準備吃晚飯，就在這個時候，又響起了敲門聲。

「怎麼又回來了？」海倫站起來，「又有什麼事情呀？」

「博士先生，我是亨克。」外面有人叫道。

「我來開門。」博士走了過去，「大概是道格拉斯的媽媽來了。」

門一開，博士就看到亨克和一位上了年紀的女士站在門口，這位女士滿臉愁容。亨克朝裏面看了一眼，然後指着博士。

「這就是博士先生。」他對那位女士說，「我還有事情就不進去了，你們談吧。」

「噢，博士先生。」那位女士過來擁抱博士，「謝謝你救了道格拉斯，我是他媽媽。」

來人正是剛從醫院趕來的道格拉斯的母親，她也是倫敦人。見到博士她自然是非常感激。她說着感謝的話突然哭了起來，她說道格拉斯現在連她也認不出來了。

的確，道格拉斯的情況很不好，雖然喝了博士的急救水，他現在生活可以自理，但對以前的事全不記得了。他忘記了以前認識的所有的人，他的記憶一片空白。

「我，我們的親戚朋友，所有的人和事，他都不記得了。」道格拉斯的媽媽哭着說，「這是怎麼了？」

博士不斷地安慰她。博士知道，急救水到底是發揮了些作用，使道格拉斯身體開始好轉，但是被魔怪抹去的記憶根本沒有恢復過來。

道格拉斯的媽媽決定，先讓道格拉斯養養身體再帶他回倫敦。

送走了道格拉斯的媽媽，大家的心情又沉重起來，趕快抓住那個魔怪是當務之急，因為只有抓住魔怪才可以讓他解除對道格拉斯所施的魔法。

又過了兩天，案件仍然沒有任何進展，不過博士

並不是很着急的樣子，他偶爾出去一趟，其他時間則在房間裏轉來轉去。有的時候博士會打開保羅身上的顯示屏，查閱一些資料。

海倫和本傑明繼續在外面打聽消息，不過沒有什麼成果，後來他們都懶得到外面去了。這多少也是因為那個叫萊曼的傢伙，他一看見海倫和本傑明就喊「小福爾摩斯」，海倫覺得他可真夠討厭的。

這些天的飯菜還是那個叫海德的年輕服務生送的，海德說他兩天來一直沒有搞清楚旅館裏複雜的布局。博士他們已經發現這個旅館的確構造複雜，尤其是裏面的通道。博士解釋說，這個旅館最早的主人（就是那個男爵）好像仇人很多，設計成這樣就是要防止有人惡意偷襲他，來人將會因為不熟悉裏面的路徑而迷失方向。不過現在倒令一個新來的服務生迷失了好幾回。

又過了一天，發生了一件不小的事情。

被稱作是「吸血蝙蝠」的漢斯被釋放回來了。因為在出事那天夜裏十二點，也就是被法醫證實了的道格拉斯遇害的時段，有兩個法國旅客回來很晚，其中一個不僅喝醉了，還弄丟了門卡，是漢斯幫他們開的門。那個喝醉的人回來後，就把房間吐得一塌糊塗，還是漢斯幫

助他們打掃的。漢斯在事件發生的時候也是因為聽到外面有人喊出事了，才從那個房間跑出去的。漢斯被探長審問時一直強調這一點，而那兩個法國旅客一聽説旅館有鬼馬上退了房，兩天以後才被警方找到，他們證明漢斯是清白的。

顯然那魔怪在陷害漢斯的時候，根本沒有想到漢斯會提供自己不在現場的證據，這也充分證明博士的判斷是正確的。亂判亂抓，不知道那個神探拉爾森此時是何心情。

漢斯回到旅館以後便跑去辭職，他覺得自己被冤枉很委屈。他清楚地記得自己放在更衣室裏的工作服的鈕扣是完好的，肯定是被誰揪掉，然後又放到道格拉斯的房間裏。亨克和萊曼等人好不容易才説服他留下。

漢斯回來了，説明兇手還沒有被抓住，旅館裏人心惶惶。

第七章　下雨的房間

午夜，316套房中海倫還沒有睡着。這幾天海倫都是在思考中入睡的，無疑這次旅行已經完全變成了一次探案歷程。但是既然遇到了這種事情，魔幻偵探們就要將案件弄個水落石出。

房間前廳裏，保羅在看一個智力搶答節目，主持人提出的問題保羅都能回答出來，因為他是一台超級電腦。海倫一直搞不明白，為什麼保羅能夠回答出一切知識搶答節目中的所有問題，卻仍然對此類節目保持濃厚興趣。

客廳裏電視機傳來的聲音比較大，吵得海倫很心煩，此時已經是半夜12點了，海倫騰地一下坐了起來，想去向保羅提出嚴正抗議。

「啪！」一滴水滴突然落到海倫的頭上。

海倫一愣，不知道發生了什麼事。她用手摸摸頭頂，被水滴擊中的頭髮有點濕潤。難道房間裏也會下雨？海倫想。

「啪！」又一滴水珠落了下來，正好打在海倫摸着頭髮的手背上。

「啊！」海倫叫了起來，「下雨了。」

「啊！」外面傳來保羅的喊聲，「下雨了，下雨了。」

海倫和保羅的喊聲驚動了博士和本傑明，大家都跑出各自的房間集中到了前廳，博士開了燈，只見天花板上不斷滲出水滴滴落下來。本傑明在幾個房間看了一下，發現海倫的房間在下「小雨」，前廳在下「零星小雨」，而博士和本傑明的房間此時估計正「多雲轉陰」。

「樓上漏水了。」博士喊起來，他和海倫急急忙忙往海倫房間跑去轉移海倫的衣物，「保羅快關上電視，本傑明快給服務台打電話。」

屋子裏的人一陣手忙腳亂，博士幫助海倫把她的衣物從她的房間裏拿了出來。這時本傑明已經給服務台打好了電話。

「不好，博士的房間也開始滴水了！」保羅在博士房間門口喊起來。

三個人急忙衝進了博士的房間往外拿東西，博士的

房間下的是「零星小雨」，大家七手八腳地搶出了博士的衣物，將它們都放到了前廳一處沒有滴水的地方。

「好像只有我的房間沒有滴水。」本傑明說，「怎麼會這樣？還是四星級旅館呢。」

「樓上房間可能哪裏漏水了。」博士抬頭看着天花板說。

門口突然傳來一陣敲門聲，本傑明馬上跑過去開門，萊曼急匆匆地走了進來。

「怎麼回事？」萊曼進來後往天花板上看了看，突然拔腿就向外跑去，「四樓漏水了，我去看看。」

「我也去！」本傑明說着也跟萊曼跑了出去。

天花板上的「雨」依然下着，博士和海倫在房間裏尋找一切器皿——花瓶、茶杯什麼的，放在「雨水」較大的地方接水，博士的被子上滴了不少水，這裏看來是不能再住了。

過了大概五、六分鐘，本傑明回來了。與此同時，天花板上的「雨」突然小了很多，保羅看見本傑明回來，急忙迎了上去。

「怎麼回事呀？」沒等本傑明開口，保羅先問道。

「唉，樓上住着的兩個傢伙幹的好事。」本傑明一

回來就抬頭看天花板，説：「嗯，『雨』小了。」

「快説呀，怎麼回事？」海倫着急地問，「他們怎麼弄的？」

「那兩個人回來很晚，白天玩得很累，一個進房間就睡了，另一個想洗個澡。」本傑明不緊不慢地説，「他把浴缸的水龍頭擰開後躺在沙發上，結果睡着了，浴缸的水滿了以後溢了出來，我們這兒就下雨了……」

「這兩個人，怎麼這麼不小心呀？」海倫抱怨起來，「沒想到還碰上這種事情，我們真是不走運。」

「萊曼和我敲了半天門他們才打開，看來他們真的很累，睡得很沉，現在萊曼正幫他們清理房間。」

「這下好了，」海倫很生氣，「這裏我們可怎麼住？」

「這裏看來是沒法住了。」博士也是一臉的不高興。

「還好我沒被淋到。」保羅抬頭看看博士説，「我可是最怕水的。」

「我們要換個房間了。」博士打了個哈欠，然後伸了個懶腰，「剛才我睡得正香呢，我夢到案子偵破了……」

「啊？」本傑明一下興奮起來，「案子偵破了？那誰是兇手呢？」

「兇手呀……」博士笑了笑，「我夢見兇手是萊曼……」

「我來了。」正說着，萊曼走了進來，他滿臉堆笑地問，「誰在叫我？」

博士看看本傑明和海倫，三個人會意地笑起來。萊曼很納悶，他本以為自己一進來一定會被博士他們罵一頓。

「真是對不起，出了這種事情。」萊曼陪着笑臉說道，「樓上一位先生擰開浴缸的水龍頭，自己卻睡着了……」

「知道了。」博士打斷了他，「本傑明回來都跟我們說了。」

「噢，請問你們沒有遭受什麼損失吧？」萊曼關切地問博士。

「那倒沒有，不過我們這個房間是不能住了。」博士用手指了指自己的房間，「被子都濕了。」

「我馬上給你們安排新房間。」看見博士他們沒有因為半夜被打擾而不滿，萊曼很是感動，「你知道，我

們這個旅館現在最不缺的就是房間。」

「那謝謝你。」博士又伸了個懶腰，「請快安排吧。」

「請你們稍等一下。」萊曼説完就跑了出去。

幾分鐘後，萊曼手裏拿着幾張門卡氣喘吁吁地又跑了進來。

「請你們跟我來吧。」萊曼揚了揚手裏的房間門卡，「我們去302房間。」

博士等人收拾好自己的衣物跟着萊曼來到了302房間，這裏的設施以及房間的布置基本上和他們住的316房間一樣，萊曼進了房間後把三張門卡放在桌子上。

「門卡你們一人一張，明天你們再把316房間的門卡交給我吧。」萊曼説，「你們早點休息吧，你們樓上的客房沒人住，保證不會再發生漏水的事情了。」

「還碰上漏水？！」本傑明把手一攤，「那我們真是中了大獎了。」

「嘿嘿嘿……」萊曼被逗得笑了起來，「真是抱歉，如果你們還有什麼要求或是不滿意，明天都可以向我們經理亨克提出來，現在他不在，我知道今天這件事我們旅館方面有責任。」

　　「好了好了。」博士走過去拍了拍萊曼的肩膀，微微一笑，「這件事也不能怪你們，我們也沒受什麼損失，估計你們旅館也不能提供『償還房客美夢』的服務，你回去吧，我還是自己找回我那美夢吧，我可是夢見你了。」

　　「啊？你還夢見我了？」萊曼多少有些驚奇，「這我可真沒想到。」

　　「我也是，我不能提前預知誰會出現在我的夢裏。」

　　本傑明和海倫哈哈地笑了起來，他倆被博士的話逗得幾乎失去了睡意，雖然這時候都快半夜一點鐘了。

　　「你們真是好心人。」萊曼其實一直都有點緊張呢，「你們知道，如果有些房客碰到這種事，處理的方式可能和你們不一樣，有些人會鬧翻天的……」

　　「噢，我對鬧翻天不感興趣。」博士看看牆上的鐘，「我現在只對睡個好覺感興趣。」

　　「明天我會告訴我們經理，我想他會給你們一些補償的。」萊曼說。

　　「沒什麼，你回去吧。」

　　「那好，我不打攪了。」萊曼邊說邊往外走，「我

可能有點囉嗦，不好意思……我馬上走，我還要去巡夜，你知道，漢斯回來了，真正的兇手還沒抓到……」

「那你趕快去吧，你們的服務很好……」博士覺得自己的兩隻眼皮正在不由自主地「打架」。

「啊，對了。」本來已經走到門口的萊曼突然站住，他轉過身來說道，「我想起來了，住你們樓上的兩位先生說明天要向你們道歉……」

「我看沒有這個必要，除非他倆對道歉非常感興趣。」

「好，我會轉告他的，晚安，先生。」萊曼說着還看看海倫和本傑明，「晚安，兩位小福爾摩斯。」

本傑明聽到這話衝萊曼吐了吐舌頭，海倫白了一眼，覺得這個萊曼真是囉嗦。道過晚安後，萊曼關上房門走了。

「好了好了。」博士有一種如釋重負的感覺，「我們馬上休息，東西明天再整理，快一點鐘了。」

「那好吧。」本傑明說道，「晚安，噢，不對，『凌晨』安，博士。」

「『凌晨』安。」博士學着本傑明說，「這麼說可真彆扭，保羅不要關機，要繼續值班，這個旅館真是什

麼事情都能碰上。」

「好的，你們好好休息吧。」保羅説着打開了電視機，「今天我又答對了所有的題目。」

「保羅，電視聲音不要開得太大好嗎？」海倫直到現在才提出抗議，「吵得我都睡不着了。」

「那是你心裏有事……」

經過一番折騰後，大家終於可以好好休息了。博士、本傑明回到自己的房間後倒頭便睡。海倫覺得很累，不再想什麼案子了，也一下就睡着了。

前廳裏保羅剛才看的智力搶答節目已經播完了，這次保羅沒有看卡通片，而是找了部警匪片看了起來——偶爾他也會看些別的片子換換口味。

外面非常安靜，薩爾茨堡的湖光山色和這個城市中的遊客都已經進入了夢鄉。巴登旅館裏也是一片寂靜，只有微微發亮的小夜燈在值班。

凌晨三點多，一個黑影突然閃進了巴登旅館三樓的311房間，他沒有用門卡開門，而是輕輕一推門就自動開了。過了不到三分鐘，那個黑影躡手躡腳地從311房間溜了出來，他沒有關門。出了311房間後，他徑直來到316

房間，到了門口並沒有進去。他在316門口站了一會，然後慢慢地走到樓梯口，一下就消失了。

又過了幾十分鐘，大概在凌晨四點的時候，萊曼晃晃悠悠地出現在三樓的電梯口，他是來巡夜的，巴登旅館一共有五層，每層有二十個房間。萊曼值夜班的任務，就是每到一個整點就在每個樓層走上一圈，看看有什麼異常情況。

萊曼巡視完一樓和二樓，沒有發現什麼情況。這些天旅館裏發生的事情真是跌宕起伏，漢斯被放回來了，說明那個害人的兇手並未抓獲，危險時時存在，可誰知道他藏在什麼地方呢！自從漢斯被放回來，亨克就重新布置了晚上巡夜的工作。本來旅館規定只在午夜12點進行一次巡夜，現在可要頻繁多了。萊曼想想自己如果遇到那個兇手，肯定不是他的對手，想到這裏萊曼有點害怕。

他到了三樓，開始從頭巡查，其實整個三樓現在只有三個房間有客人住——其他房間的房客早就被嚇跑了，道格拉斯出事那天，有個房客退房時說，他寧可在山上搭帳篷也不要在巴登旅館住下。

經過302房間的時候，萊曼特意朝這個房間看了

看。「這裏住的一個老人和兩個小孩倒是很有意思。」萊曼想。

又往前走了幾個房間，萊曼依然沒有發現什麼情況，突然，他發現311房的房門敞開着，而裏面則沒有開燈，黑乎乎的。萊曼的心一下子開始劇烈跳動起來，他小心翼翼地走到了311房門口。

「裏面有人嗎？」萊曼用手輕輕地敲了敲門。

第八章　又一宗傷害案

311房間裏一點反應也沒有。

「裏面有人嗎？」萊曼喊道，這次他的聲音大了一些。

還是沒有反應。

萊曼走進房間，「啪」，他打開了311房間前廳的燈。

「啊——」萊曼驚叫了起來，他被眼前的景象嚇得差點暈倒。

只見311房間前廳的牀上躺着一個滿臉是血的男人，萊曼都能聞到迎面撲來的血腥味。

「來人呀——」萊曼背靠着門才沒讓自己滑倒，他嚇得渾身發抖，突然，他拚命朝樓下跑去。

「皮特！皮特！出事了，快給警署打電話。」

皮特是樓下大廳一個前台服務生的名字，他和萊曼一起值夜班。此時萊曼不但害怕，更感到無助，他連滾帶爬地跑到一樓。

「怎麼了，萊曼？」叫皮特的服務生遠遠就聽見萊曼在叫他的名字。

「有，有個房客被謀殺了，快，快報警！」萊曼趴在前台，一邊大口地喘着粗氣，一邊説，「是311房間的一個房客。」

「啊？」皮特聽到這個消息全身立即抖起來，「你，你，你説……誰被謀，謀，謀……殺了？」

「快打報警電話。」萊曼很着急。

皮特哆哆嗦嗦地拿起了電話，他被嚇得兩隻手幾乎都拿不住話筒了，誰知道那個兇手會不會突然出現在這裏對他下毒手呢？

「1……1……電，電，電話號碼是多，多少？」皮特緊張得忘記了報警電話。

「133！133！」萊曼大喊起來，「快撥號！」

「好……好……我撥……」

與此同時，在三樓的302房間，博士等人全都起來了，保羅聽到了剛才萊曼的喊叫聲，他馬上把博士叫了起來，看來這個晚上他們注定不能好好休息。

「一定是又有什麼情況，我們馬上去看看。」博士説着打開了門，他對跟在他後面的海倫和本傑明説，

「注意，如果遇到那個吸血鬼，我們要先把他圍住然後再攻擊他，千萬不能讓他跑了！」

「明白！」海倫和本傑明同時說。

保羅一下就竄出了302房間，他在門口稍微停留了幾秒，然後迅速向311房間跑去。

「在前面，我聞到了血腥味！」保羅邊跑邊叫。

博士等人立即跟了上去，海倫和本傑明都很緊張。保羅很快就跑到了311房間門口，他一下就竄了進去，博士等也馬上跟了進去。

眼前的景象很慘，但也許是見多了這種場面，博士他們並沒被嚇倒。博士快速走到那個人身邊，伸手在他的頸動脈摸了一下。

「還活着，他是頭部遭到打擊，但不是致命傷⋯⋯是在睡夢中被擊中，無聲無息地就昏過去了。」博士說完看看海倫和本傑明，「你倆檢查一下現場。」

海倫和本傑明用走格子的方法開始仔細地檢查現場。在牀腳，海倫看見一個打開的錢夾，裏面還有幾枚硬幣掉了出來，海倫沒有動它，這應該由警方來處理。另外，牀頭的地上有個打碎的花瓶，海倫也沒有動它。海倫和本傑明的任務，是看一看現場有沒有魔怪作案的痕跡。

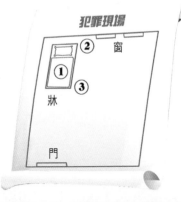

犯罪現場

① 受害者
② 花瓶
③ 錢夾

海倫和本傑明檢查了現場,他們採用的是走格子的方式,這是一種最常見的搜索證據的方式,搜索人員在犯罪現場先沿着垂直方向(南、北)來回搜索一遍後,再沿水平方向(東、西)來回搜索一遍。

「保羅,你能搜索到這裏有魔怪活動的痕跡嗎?」博士問道。

「沒有,我沒有搜索到。」保羅東聞西嗅,「我覺得這像一個一般的犯罪現場,作案的好像是人不是魔怪。」

「我們也沒發現什麼。」海倫看看博士,然後用手指指牀上的受害者,「要送他去醫院嗎?」

「他一會就能醒過來。」博士看看牆上的掛鐘，「等警察來了讓他們送吧。」

博士再次走到那個受害者身邊，仔細地看着他受傷的頭部。就在這個時候，門口傳來一陣急促的腳步聲，警察接到報案後趕了過來，跟在警察後面的還有被嚇得仍然在顫抖的萊曼和皮特。

「你來這兒幹什麼？」說話的是拉爾森探長，他剛好看見博士站在受害者旁邊。

「看看現場。」博士平靜地說道。

「這事應該由我們警方處理。」探長的語氣也平靜下來。

海倫覺得這個曾自稱神探的拉爾森，這次沒有怎麼大發雷霆，真是出乎意料。忽然海倫想了起來，這個探長錯抓了漢斯，估計他是不好意思再趾高氣揚了。

「請原諒，不過我們沒有動現場的任何東西。」博士說着用手指了指地上的錢夾和碎花瓶，「我們馬上走。」

警方人員開始進入現場，一個警察甚至還牽了一隻警犬。兩個急救醫生也同時趕來，一個醫生一進來就對受害者進行檢查。

「他沒什麼危險。」博士善意地提醒那個醫生，「頭部先簡單包紮一下，估計一會就能蘇醒過來。」

那個醫生有些疑惑地看看博士，又檢查了一下那個受害者，然後他朝博士點了點頭。

「探長先生，」博士走到探長身邊，他的聲音壓得很低，「等你忙完了，我想和你談談，這個案子好像並不簡單。」

「這個……好吧。」探長稍微猶豫了一下，答應道，「一會我去找你。」

「那太好了。」博士說着就向外走去，忽然他停住了腳步，「對了，我現在住302房間，就在這一層。」

「我知道了。」

博士帶着兩個助手和保羅走出了311房間，這裏已經被警方拉起了警戒線。一些房客站在警戒線外交頭接耳，這些人都是膽子很大的人。前幾天道格拉斯遭到攻擊後他們都沒有退房，現在聽說又有案件發生，都跑過來看熱鬧。沒過一會，一些記者也紛紛趕到，整個旅館亂哄哄的。

剛出門口，博士就看見驚魂未定的萊曼站在一邊仍然在發呆，他的眼睛瞪得大大的，也不知道在想什麼。

博士馬上走過去把他拉到一邊。

「剛才是你在叫吧？」博士拍拍萊曼的肩膀，「現場是你發現的？」

「是，是，是我發現的。」萊曼看看博士哆嗦着說。

「當時是怎樣的情況？」

「我四點多來這裏巡夜，看見311房間的門大開着，我走進去就看見勃蘭特先生躺在那裏，頭上都是血。」

「那人叫勃蘭特？」

「是的，他一個人住311房間，他的兩個同伴前幾天退房走了，是被道格拉斯那件事嚇跑的。」

「噢，是這樣。」博士點點頭，又問道，「你從我們房間走了以後好像也是去巡夜的吧？那時311房間你注意了嗎？」

「注意了，那時311房間的門是關着的。」萊曼覺得博士好像對這個案子特別關心，但是他樂意回答這個好心人的問題，「兩點鐘和三點鐘我都巡查過，那時門是關着的。」

「好，我知道了，謝謝你。」

　　「不客氣。」萊曼突然疑神疑鬼地看看四周，見四下無人，便把聲音壓得極低，説道，「看來我們這裏確實不安全，你們要小心點。」

　　「我們會注意的，非常感謝。」

　　和萊曼談完話後，魔幻偵探所的成員們回到了自己的房間，剛剛發生的神秘案件已令他們睡意全無。

　　「我覺得好像還是那個吸血鬼幹的。」一進門博士就用低沉的口氣説，「不過這次他的行動真的令人很難理解。」

　　「啊？」本傑明和海倫都大吃一驚，「還是那個吸血鬼？」

　　「可我沒有發現有吸血鬼出現在那裏的跡象呀。」保羅説着豎起了他的耳朵。

　　「看上去這好像是宗人類作的案子，勃蘭特先生應該是在睡夢中被人用花瓶砸暈的，吸血鬼當然不會用這種手段對付人類。」博士坐到了沙發上，「我相信他只要隨便用爪子在勃蘭特的頭上抓一下，那個不幸的人受的傷肯定比現在嚴重得多。」

　　博士邊説邊從沙發旁的桌子上拿起了一杯水，喝了一小口。海倫和本傑明都目不轉睛地看着他。

　　「但唯一可疑的一點就是，」博士轉入了正題，「從受害者的傷口看，雖然那不是個致命傷，但是創傷面積較大，花瓶碎片在他頭上劃了個大口子。根據我的經驗，這種傷口流出的血比我在現場看到的要多得多，也就是說他不但應該是血流滿面，枕頭上還有牀單上應該也有不少血跡，但是現場看只有枕頭上有一點血跡。」

　　「你的意思是吸血鬼吸走了很多血，對嗎？」海倫一邊思考一邊說出了自己的想法。

　　「對。」博士肯定地說。

　　「可他為什麼不把血全部吸走呢？」本傑明一臉疑惑不解地說。

　　「問題就在這裏。」博士滿臉疑惑，「所以說他這次的行為令人很難理解。」

　　房間裏此時一片寂靜，魔幻偵探所裏的所有成員都陷入了沉思之中。的確，現在他們誰也找不到對這次事件的合理解釋。

　　「啪啪啪——」正在這個時候，有人在外面重重地敲門。

第九章　陷阱

「可能是拉爾森探長。」博士馬上站了起來，「我正想把我的發現告訴他。」

「我去開門。」海倫站起來去開門。

「啪啪啪——」門口又傳來敲門聲，比剛才還重，門外那人似乎很着急。

「來了來了。」海倫還沒走到門口就叫起來，「有門鈴呀，真是的……」

海倫打開了門，門口站的正是拉爾森探長，他的後面還站着兩個警察，探長的表情很嚴肅。看到海倫打開門，他一下就衝了進來。那兩個警察跟着進來後關上了門。

「南森先生，不管你有什麼話要跟我説，你先看看這個。」探長説着拿出一個透明塑膠袋，裏面裝着一張信用卡，「你見過這個嗎？」

「這是……信用卡。」博士走了過來，他湊近那個塑膠袋仔細看了一下，「上面的名字是勃蘭特。」

「沒錯，這是勃蘭特，就是311房間那個受害人的信用卡。」探長特別地停頓了一下，「是在你們住過的316房間裏發現的。」

「啊？！」聽到這句話，無論是博士還是海倫和本傑明，都感到心頭一震。

「還有，316房間的門把手上還發現了血跡。」探長說道，「是警犬發現的。」

「是在316房間嗎？」博士吃驚地問。

「肯定是，我剛從那裏過來，希望你給我們一個解釋。」

「你等等，我腦子有點亂。」博士轉身走到沙發那裏坐了下來，情況轉變得太快，他需要冷靜思考。

「這明顯就是陷害呀。」本傑明喊了起來，「一定是陷害！」

「你憑什麼認為這是有人陷害你們？」探長口氣有些強硬，「我需要一個合理的解釋。」

「那我就給你一個合理的解釋！」海倫生氣地走了過來，瞪着探長。

探長也不知道海倫要幹什麼，他也瞪着海倫。

「信用卡飛過來！鈔票飛過來！」海倫衝着探長唸

起了口訣。

只見幾張信用卡突然出現在海倫的左手裏，隨後，好幾張百元鈔票又出現在海倫的右手裏。海倫看看手裏的信用卡，微微一笑，然後把它們遞給了探長。

「看看卡上的人名是不是叫什麼拉爾森，據説他是個神探。」海倫説道。

拉爾森馬上接過信用卡看了看，突然他的臉色一變，顯示出非常吃驚的表情，急忙拿出自己的錢夾。他發現裏面的信用卡不見了——它們都在自己的手上，而這些卡是海倫剛剛遞給自己的。

「都是百元鈔票！」本傑明湊了過來，看看海倫手上的鈔票説，「探長先生，你可真有錢呀。」

探長身後的兩個警察也感到十分驚奇，他們湊上來盯着探長的錢夾看，探長馬上捂住錢夾，不給那兩個警察看，樣子非常滑稽。

「不用看了，他的鈔票都在海倫手上。」本傑明得意地對那兩個警察説。

「這，這是怎麼回事？」探長盯着在海倫手裏的那些鈔票，「怎麼會在你那裏，這些錢都是我準備給我妻子買項鏈的。」

「別説是你的鈔票。」海倫把錢遞給了探長，然後一指探長後面的兩個警察，「他倆的我也能馬上拿到。」

一聽這話，那兩個警察馬上捂住自己的口袋，本傑明在旁邊笑了起來。

「博士和你説過，我們是專門偵破魔怪案件的偵探。」海倫驕傲地説，「你可能覺得我們在圖財害命，可你知道嗎？憑我們的法術，唸句口訣你們的錢就會飛到我手上，何必出手傷人呢？」

「這個……」探長把他的信用卡和錢慌忙塞進錢夾裏，不好意思地説，「其實我只是問問，要是我真懷疑是你們作案，早帶走你們了，現在我更堅信三位是被陷害的了，我其實也發現了重大疑點。」

「什麼疑點？」一直沒有開口説話的博士問道。

「你們住在302房間，信用卡卻遺落在316房間，我問過萊曼了，他是在凌晨四點巡夜時才發現311房間的房門大開。兇案應該是發生在三點以後……」探長開始了他的推理，「那時你們已經換到了302房間，而顯然這個事情只有萊曼知道，那個陷害你們的傢伙看來還不知道。」

99

「哈哈，拉爾森探長。」博士突然笑了起來，「很高興你這麼明察秋毫，以前我一直在懷疑你是怎麼當上探長的，你抓走了可憐的漢斯時使我更加深了對你的懷疑，現在嘛……」

「嘿嘿嘿……最好不要再提漢斯的事情……」探長可憐巴巴地說。

「好，不提他。」博士走到窗戶那裏，天已經開始蒙蒙微亮了，「不過真是可惜呀！」

「可惜？可惜什麼？」探長不解地問。

「要是我們今天沒有搬出316房間，現在就已經抓住那個栽贓陷害的吸血鬼了！」

「什麼？」探長看看他後面的兩個警察，兩個警察也看看他，「你是說這次還是那個害道格拉斯的吸血鬼作的案？」

「沒錯，開始我不明白，覺得這次他作案時的所作所為有些奇怪，現在看來他就是要製造一宗看似簡單的刑事案件來陷害我們，不過他還是留下了證據，他經不住血的誘惑……」博士說話的時候有種如釋重負的感覺，像是自言自語，也像是說給大家聽。

探長和那兩個警察聽得糊里糊塗，海倫連忙把博士

發現受害者勃蘭特的傷口較大，流血卻很少的情況告訴了探長。探長愣了半天才明白過來。

「南森先生，你是說那個吸血鬼故意製造一宗你進入勃蘭特房間謀財害命的案件，不過他見到勃蘭特流出來的血液時，無法控制嗜血的本性而將部分血吸掉？」探長看看海倫，海倫很肯定地點點頭，「然後他將贓物放進316房間，還弄了點血跡在門把手上，但是他根本不知道你們早在幾個小時前搬進了302房間。」

「恭喜你，答對了！」在一邊的保羅禁不住說了一句話，這句話是那些智力搶答節目的主持人最常說的。

「我的天呀！」探長剛才根本沒有注意到保羅，此時他非常吃驚，「怎麼狗會說話？」

「這好像沒什麼。」保羅跑到探長腳邊，衝他搖搖尾巴。

「他是隻超級智能狗，名叫保羅。」本傑明馬上解釋，並簡單地將保羅的情況作了介紹。

探長此時的驚愕無法形容，大概他一輩子沒有碰上過的神奇的事都在這一天全碰上了。

「不過南森先生，」探長定了定神，說：「剛才你說『可惜』是什麼意思？」

「可惜，當然可惜。」博士指了指保羅，「你也看到了，保羅身上可是裝載了多種警報系統的，而且我一直安排他夜晚開機值班，如果我們還住在316房間，那麼吸血鬼往我們房間裏扔東西，還在門把手上抹血跡，保羅不可能沒發現，如果保羅發現後向我們報告，那個傢伙是跑不了的！」

「那真是太可惜了。」探長惋惜地說道，「好像那個吸血鬼知道你們會魔法，極力想嫁禍你們。」

「那個吸血鬼如果一直躲在旅館裏，這幾天就有可能看出我們會魔法。」博士心事重重地說道，「那個傢伙應該一直躲在暗處，魔力高超，我也不知道他是怎麼看出我們會魔法的？以前他陷害了漢斯，現在又來害我們。」

「那怎麼把他找出來呢？」探長問，看得出他有點緊張。

「這個……會把他找出來的，只要他不離開這個旅館。」博士的語氣很堅定，「對了，你們是在316房間的什麼地方發現勃蘭特的信用卡的？」

「是我的手下找到的，好像是在門邊。」探長說着轉頭問了問他身後的一個警察，「是在門邊嗎？」

「是的。」被問的警察回答。

「帶我去看看。」博士說着就往門口走。

屋子裏的人全都跟着出了房間，此時已經是早上將近八點的時間了，三樓的過道裏仍然亂哄哄的，萊曼、皮特等值夜班的人還沒有回去，他們正和剛剛上班的亨克、海德等人勸說那些聞訊趕來一探究竟的房客和記者離開。看到探長和博士走來，海德和亨克對他倆苦笑了一下。

博士等人來到他們曾經住過的316房間，剛進去，那個警察就指了指離房門大約一、兩米的地方，這是房門通往房間前廳的過道，警察示意信用卡是在這裏發現的。

博士朝所指位置看了一會，然後把房門開關了幾次，還俯身觀察了片刻。

「是從門縫塞進來的。」博士看看探長，「他沒用法術把卡送進來。」

探長也俯身看看房門的門縫，然後他站起來衝博士點點頭。

「看清楚了，我們走吧。」博士對探長說。

此時正好亨克帶着皮特經過316房間門口，探長突

然想起了什麼，他衝亨克和皮特招招手。

「亨克先生，有件事情和你講一下。」

「我現在要去前台接電話，你先跟皮特說，我馬上來。」亨克拍拍皮特的肩膀。

「什麼事情？探長先生。」皮特說着走進316房間。

「是這樣，311房間、316房間你們千萬不要打掃，我們走後也不要讓任何人進來，請保持原狀。」探長嚴肅地說，「等我們通知之後，你們再作處理。」

「沒問題，探長先生。」皮特保證道。

正說着，一個警察跑了進來。

「探長，剛接到電話，受害者醒了，要不要去看看？」那個警察說。

「好的，馬上就去。」

「我也想去醫院看看。」博士馬上對探長說道。

「那……好吧。」

一行人馬上下了樓，他們從前台出去，然後一起去了醫院，不過醒來的勃蘭特沒有提供什麼有價值的線索，他並沒有失去記憶，但他是在睡夢中被打暈的，什麼都不知道。

第十章　真兇逐步顯現

從醫院回到巴登旅館後，博士先命令本傑明和海倫好好休息，恢復了體力才能更好地工作。其實不用博士吩咐，大家都已經昏昏欲睡。

這一覺他們睡了很久，直到傍晚才醒，大家都覺得精神好了很多。博士先起了牀，他還打開音響欣賞音樂，好像很悠閒。

「我説博士，你有點頭緒了嗎？」看見博士顯得很輕鬆的樣子，本傑明問。

「目標已經接近。」博士看看手錶，「我們先不談這個，該吃飯了。」

「我去訂飯，三份晚餐。」海倫説着要去打電話。

「你和本傑明一起直接去拿吧。」博士拿出一些錢給海倫，「省得那個叫海德的又轉迷路了。」

「哈哈哈……好的，我們馬上去。」

海倫和本傑明跑下樓。在飯廳裏，這兩個小偵探為點牛排還是豬排爭吵起來，最終結果是全部都點上。

　　兩個人端着飯菜往回走，走到電梯那裏，正好一部電梯剛上去，漢斯站在電梯口服務。見他們來了，漢斯馬上按了按鈕。

　　「小福爾摩斯！」漢斯也跟萊曼學會了這個叫法，「今天怎麼自己來點菜？」

　　「哼，等你們那個海德，飯都涼了他還沒有找到路呢。」海倫說，「不過你們這裏的通道是有點複雜。」

　　「確實如此。不過海德這個鄉下來的小子有點笨，」漢斯說，「亨克經理雖然也是鄉下來的，最開始他也是送餐好幾天了都認不清路，不過我教了他一次，他立刻就認識了。」

　　漢斯說話的時候，另一個服務生推着一輛裝滿新牀單的推車也走了過來等電梯，他看看漢斯。

　　「你吹牛吧，還教人家，你自己都是過了好幾天才認識路的。」那個服務生笑話漢斯。

　　「走開走開，送你的牀單去。」漢斯不好意思地笑了，「我和亨克一起來的，人家已經是經理了，我還在當服務生。」

　　電梯到了，他們和那個服務生都進了電梯。

　　「你們這裏的通道是比較複雜，我們房客只要記住

自己的房間就行了，而你們服務生卻要熟悉所有地方，這可要一段時間呢。」本傑明對那位服務生說。

「是的，好多新員工都要認一段時間，不過亨克經理比較聰明，據說他認路最快。」

出了電梯，孩子們把飯菜端到房間。

「你們也去了這麼長時間，還不如叫海德送來呢。」博士假裝埋怨道。

「碰上漢斯和一個服務生，聊了一會。」於是海倫和本傑明把和漢斯以及那個服務生的對話告訴了博士。

「噢，是這樣。」博士想了想，說道，「對了，他快來了，我們要分析分析案情。」

「誰？」本傑明驚奇地問，「那個魔怪嗎？」

「當然不是，哪有和魔怪一起分析案情的？」海倫大笑起來，「肯定是拉爾森探長。」

「那是那是。」本傑明有點不好意思，「我腦子裏全是那個吸血鬼。」

晚上八點多，門外傳來敲門的聲音。博士開了門，只見探長站在門口，他是一個人來的，看上去似乎還有點不好意思。

「探長先生，」博士馬上做了個請進的動作，「快

進來吧。」

「嘿嘿嘿……博士，真不好意思。」探長說話的聲音不那麼大了，「打攪了，我現在遇到麻煩了，必須請教你……」

探長進來後和海倫、本傑明打了招呼。

「看來上司給你不小的壓力，抓錯了人，舊案沒破又出新案，上司要撤你的職？」博士突然加重了口氣。

「啊？」探長一驚，「你，你怎麼知道？」

「這點小事，隨便一想就想到了。」保羅說着跳起來趴到沙發上。

「怎麼？你也知道？」探長的眼睛直盯着保羅看。

「猜的，」保羅馬上解釋，「不要大驚小怪。」

「不要太緊張，我們仔細分析分析，一定能找出蛛絲馬跡的。」博士也坐到沙發上。

「我一點頭緒都沒有，現在我的上司說這個旅館以前發生過的旅客死亡事件也很可疑。」

「那你是怎麼認為的？」博士問。

「我，我也是這麼想的，那些事沒那麼簡單。」探長苦着臉說，「本來這種魔怪案件我們要請本地的魔法師出面，不過現在碰到了你，肯定要請你幫忙了。」

「你坐下，不要緊張，我肯定幫助你。」博士嚴肅地説，「不能再讓那個傢伙出來作惡了。」

「那真是太好了。」探長激動地説，他從心裏感激博士。

「破這個案也要你提供幫助。」

「一定一定，」探長站了起來，「你只管説。」

「探長先生，」博士馬上就開始了調查，「以前這個旅館裏的房客死亡事件都是你處理的嗎？」

「是的，這是我的管轄區。」

「死者都是些什麼人？」

「是六位老人，其中包括五個外國遊客和一個本國遊客，年紀都在七十歲以上。」

「你們沒有懷疑是謀害案件嗎？這麼頻繁地出現類似事件。」

「也懷疑過，但是法醫鑒定都是突發心臟病引起的，而且在死者身上也沒有發現過像道格拉斯先生頸部上那樣的牙印。」

「死者都是怎麼來這裏的？獨自一人來的，還是……」

「五個外國遊客都是跟旅遊團，只有本國的那個是

自己來的，六人中除一對夫妻外，其他人都是獨住一個房間。」

「那對夫妻是一起遇害的？」

「不是，只是妻子死了，她丈夫到下面吸煙室吸煙聊天時，她在房間突發心臟病死了。」

「噢……」博士沒再說話，他沉默了一會。

探長等人都認真地看着博士，屋子裏顯得十分安靜。

「南森先生？」探長首先打破了沉默，「我一直想不明白為什麼以前都是老年人遇害，最近變成青年人了。」

「這個嘛，我想海倫會回答你的。」博士說完看看海倫。

「是因為他看見道格拉斯的血以後控制不住了。」海倫說。

「完全是這樣的。」博士很滿意海倫的回答，「我這幾天仔細地查找了有關吸血鬼的資料，發現這種魔怪嗜血如命，一旦他嗅到血的味道就會緊追不捨，所以雖然那個吸血鬼從前一直謹慎地將案件偽裝成老年人病發死亡，但這一次他控制不住自己，當晚就對受傷的道格

110

拉斯下了毒手。」

「這麼説以前的死亡事件都是這個吸血鬼幹的了？！」探長聽得心驚肉跳，「可……可法醫怎麼沒有檢查出來？」

「因為那幾次他有充分的時間掩蓋罪證，用了什麼手段我無法判斷，但是這次他只吸了道格拉斯一半的血我們就趕到了。」

「真是不可思議，我們這裏居然有吸血鬼！」探長倒吸一口涼氣，「那你知道這個吸血鬼的來歷嗎？」

「這個吸血鬼的來歷我現在還不知道，不過它應該和這座城堡有關。」博士説，「當然也不是什麼人死後都能變成吸血鬼的，有些是通過了特殊的儀式，簽定了所謂的《魔鬼契約》而轉化為吸血鬼的。」

「天哪！真是太可怕了！」探長聽得渾身發冷，「你認為那個兇手……就是那個吸血鬼還在巴登旅館嗎？」

「肯定在，我早就鎖定了幾個目標。」博士詭秘地一笑，「正在逐步排除，現在越來越清晰了。」

「那他是誰？」探長急忙問道。

本傑明、海倫以及保羅也都感到一震。

「我是説目標越來越清晰了，還沒有確定是誰，你們

不要着急，千萬不要着急，我們再進一步分析一下。」

這個晚上，302房間裏的幾個人談到很晚，在十一點的時候，道格拉斯的母親還被海倫帶到了302房間，博士他們和她密談了一些事情……

巴登旅館部分工作人員

漢斯　　　　亨克　　　　皮特

萊曼　　　　海德

這五個人最有嫌疑，從他們的言語、行為等方面加以判斷，誰是兇手？

第十一章　難道還是漢斯

在接下來的兩天時間中，巴登旅館一片平靜。在醫院裏，可憐的受害者道格拉斯的身體已經康復了，行為同正常人沒什麼不同，唯一不同的是出事那天及以前所有的記憶完全喪失。他的媽媽準備把他帶回英國去。

醫生無法治療這種喪失記憶的病，只能讓他慢慢自行恢復。

這兩天探長比較積極，總是往醫院裏跑，到處偵查線索，有好幾次還牽來了警犬。他不斷地找人談話，但是給人的感覺是他對案件毫無頭緒，僅僅是在例行公事。

這天早上，巴登旅館的服務生都在亨克經理的帶領下在會議室開員工會議。

「我們最近由於受到傷人事件的影響，生意比較清淡。」亨克表情嚴肅地說，「總經理還在維也納治病，他很關心我們這裏的情況。」

員工們都不說話，默默地看着他。

「你們能留下來我很高興，大家不要相信那些傳言，要加強巡邏，晚上值班的人員再加兩個。」

「可是走的人太多了，人手缺少呀。」萊曼說。

「我可以天天晚上值班。」亨克說，「海德，你再去招聘幾個服務生。」

「可以。」海德抓抓頭髮，「只是薪水方面……」

「這個不用擔心。」

「那就好……」

正在這個時候，外面衝進來好幾個人，帶頭的正是探長。他進來以後就拔出手槍，樣子很兇。

人們都嚇壞了，不知道他要幹什麼。

「是探長先生呀。」亨克驚訝地看着他，「發生了什麼事情嗎？」

「你說呢？」

「我，我……」

「你帶的好員工！」探長憤怒地叫起來，然後他看看那些開會的服務生。

大家都奇怪地看着他，探長突然走到漢斯面前，另外一個警察也走了過來。

「舉起手來！」探長把槍對準了漢斯，「你這個壞

114

東西，差點讓你跑了！道格拉斯和勃蘭特都是你害的！你跑不了！」

服務生們聽了他的話，都非常驚奇，漢斯不是已經被證明無罪了嗎？怎麼又來抓他？

漢斯更是驚恐萬分，眼睛瞪得大大的：「探長先生，我，我有證人，那天我在⋯⋯」

「你肯定跟魔怪學了分身術，可你騙不了我們。」探長喊道，「這些天我已經想明白了，就是你幹的，鈕扣就是你和道格拉斯打鬥時丟在現場的！」

「不是我呀，我什麼都不知道⋯⋯」

「帶走！」探長命令道，「別裝好人！」

旁邊的警察走過來給漢斯戴上手銬。漢斯一路狂叫着又被押走了。

「轟——」整個會議室裏炸開了，大家頓時議論起來，都覺得漢斯不會是兇手。只有萊曼認為漢斯就是兇手，説不定還有個同夥是吸血蝙蝠。

亨克聽了萊曼的話，非常不滿意，狠狠地瞪了萊曼一眼。

「拉爾森探長，你一定是誤會了。」亨克追出門，他叫住了探長。

　　「不會不會，這次不會了。」探長得意洋洋地説，「我可是神探，你放心好了，我一審他，事情就真相大白了。」

　　「不可能吧？看不出來呀……」亨克着急地説，「難道他害了道格拉斯和勃蘭特？真不像呀。」

　　「你一個普通人怎麼能看出來？」探長拍拍亨克的肩膀，「你又不是神探。」

　　「是的，可是……」

　　探長轉身就走，突然他又停了下來，走到亨克旁邊。

　　「要注意看好你的員工呀，別再出來個什麼殺人犯。」探長關切地説。

　　「這我知道。」亨克有點手足無措，像是自言自語，「我們這兒不會再出什麼殺人犯了吧？」

　　「那不能保證，對了，311和316房間你們可以打掃了。」探長得意地朝亨克揮揮手，「解除封鎖了！」

　　探長上了警車。漢斯在警車裏大喊冤枉，汽車開動以後還在喊叫。

　　「不要喊了。」探長回頭看看在旅館門口看熱鬧的人，又看看漢斯，「我説不要喊了！」

「我冤枉呀！」漢斯喊得更大聲了。

漢斯又被帶走了，這成了當天的熱點新聞，巴登旅館一下成了記者們集中採訪的中心，幾家當地大報館都刊登了「巴登旅館神秘傷人案兇手被擒」的消息。各種猜測更是不絕於耳。

住在302房間的博士和兩個孩子這些天好像出去玩了幾次，但每次都很早就回來，一回來又鑽進房間不出來。萊曼和海德等人覺得奇怪，來旅遊的人整天悶在旅館裏幹什麼？

萊曼得到一個消息，據說是道格拉斯媽媽說的，她說博士帶着兩個孩子去了幾次警署見探長，大概是告訴探長漢斯不是兇手，可幾次都被探長轟了出來。

而有關漢斯的消息更是人們關注的焦點，聽說他在警察署還是喊冤枉，還聽說探長找到了很多他犯罪的證據，反正他是跑不了了。

巴登旅館似乎恢復了平靜，房客也逐漸多了起來。亨克經理看見那些逐漸增多的旅客，心裏很高興，每天都給在維也納治病的總經理打電話匯報生意在好轉的好消息。

道格拉斯就要走了。他的身體已經復原，他現在臉

色紅潤，精神也很好，不過記憶力一直沒有恢復。

在道格拉斯到薩爾茨堡的第八天早上，他在母親的陪同下出院了。他們要先回巴登旅館整理行李，然後回國。

旅館裏的服務生聽説道格拉斯回來了，都跑出來看。道格拉斯對這個地方看起來很陌生，也不認識旅館裏的人。他大概已經聽母親説過自己出了什麼事情。看到有那麼多人都關切地看着自己，他有點不知所措，但同時又充滿感激。

和大家聊了幾句後，他們就上樓收拾東西。他們剛走，博士一行就提着行李下來了，三個人在樓下的大廳裏等着道格拉斯和他的母親，保羅在大廳門口走來走去。

「你們要一起回英國去？」萊曼在門口問手提背包的海倫。

「是的，我們説好一起回去。」

「那我叫輛車來。」萊曼説着要去打電話。

「不用了。」海倫馬上制止他，「探長先生用警車送道格拉斯他們去機場，順道載我們一程。」

「那很好。」

「我們旅館已經免除了道格拉斯先生和他母親的所有住宿費用。」亨克也站在門口，他正在和博士説着道別的話。

「感謝你們這些天周到的服務。」博士握住了亨克經理的手。

「應該的，我們保護旅客的工作做得不好。」

「哎，我總覺得漢斯是冤枉的。」博士非常遺憾地説，「謀害道格拉斯和勃蘭特的事件我怎麼看也不像是那個漢斯幹的。」

「我看也不像。」亨克苦笑着説，他的臉上露出非常惋惜的表情，「不過聽説證據確鑿。」

正説着，門口來了三輛警車，探長和一個警察走了下來。

探長快步走進大廳。「他們準備好了嗎？」一進門他看見亨克就問。他指的當然是道格拉斯。

「快了吧。」亨克説，「剛上去一會，大概快下來了。」

這時候博士走上來拉住探長，探長被突然拉住很不高興，他兇巴巴地看着博士。

「探長先生，你們抓錯人了，漢斯是無罪的……」

「南森先生！」探長非常氣憤，「你前幾天到警署去鬧，我已經跟你說過了，這不關你的事，你一再為漢斯說好話，到底想幹什麼？」

「我只是說出我的判斷。」

探長的聲音非常大，看得出他被激怒了：「你又不是警察，憑什麼說我們抓錯了人？！告訴你，我天生脾氣好，我，我一貫和藹可親，但是我的忍耐也是有限度的！」

「你們抓了放，放了抓……」

這句話好像刺中了探長的痛處，他非常憤怒地看着博士。

「我已經原諒過你好幾次了，但你屢次干擾我們的工作，我現在正式以妨礙公務的罪名逮捕你！」說着探長掏出了手銬，「這麼賣力為他求情，也許你是漢斯的同夥！」

說着他就拘捕了博士。海倫和本傑明衝上去攔着探長，本傑明還大叫着用腳踢探長。

大廳裏的人都過來勸探長放了博士，萊曼叫博士趕快向探長認錯。

「我們英國紳士從不向錯誤低頭。」博士鄭重地

說，就是不認錯。

「我們奧地利警察從不放過任何妨礙公務屢教不改者。」探長針鋒相對，「何況我現在覺得你也是嫌疑犯。」

海倫和本傑明還是攔着探長吵鬧，保羅要咬探長，被一個警察一把抱住。

「一起帶走。」探長叫起來，「本來我看在道格拉斯和他媽媽的面子上，還想送你們去機場。哼！」

為什麼博士會被捕呢？這件事會影響案件的調查嗎？

停在門口的警車裏下來兩個警察，分別抓住海倫和本傑明。保羅也被抓住，不停地叫着。

「時間還早。」探長看看自己的手錶，又看看一個警察，「你等一下，我把他們押回去就過來。」

説着，幾個警察押着博士和他的兩個助手走上警車。萊曼等服務生都走到車旁邊求情，但無濟於事。

警車呼嘯而去。

在巴登旅館的大廳裏，人們紛紛在議論剛才發生的一幕。亨克對服務生説英國人就是倔強，天生的倔強。

「道格拉斯先生下來了。」萊曼突然喊了一聲。

大家看到二樓到一樓的轉角處，道格拉斯的媽媽扶着他，身後是提着行李的兩個服務生，也許是電梯半天沒有等到，所以他們沒乘電梯。

道格拉斯的母親看了大廳一眼，大廳裏的人也都把目光投向他們。

「孩子，」道格拉斯的母親對他輕聲説，她把嘴湊近兒子的耳朵，聲音輕得只有道格拉斯能聽到，「你看門口那裏，那個高大的男人。」

門口就兩個人，高個子亨克和比他矮很多的萊曼。道格拉斯順從地往門口看了一眼，其實他也不知道為什

麼要這麼做。

「你把頭湊到我耳朵邊説你要去哪裏，一定要小聲説。」道格拉斯的母親對兒子説。

「要去倫敦呀，坐飛機去。」道格拉斯很聽話，他把嘴靠近他媽媽的耳朵小聲説道。

「啊！」他的母親突然大叫了起來，把道格拉斯一把推向一個服務生，「我的兒子説他想起了什麼，快帶他回房間去。」

然後她拉住另一個服務生説道：

「電話在哪裏？我兒子説他想起是個高個男人害他了，我要打電話給探長。」

那個服務生馬上帶她到了電話那裏，還告訴他探長現在應該在去警署的路上。

「探長先生，你快過來呀，我兒子恢復了一些記憶力，他説是個高個男人害他的，他大概想起那個人是誰了。」對着電話她非常激動，説話的聲音也很大，確切地説她是在喊話。

第十二章　吸血鬼現身

大廳裏的人都聽到了她的喊聲。萊曼還有送餐的海德等好幾個服務生都興奮地向樓上跑去，道格拉斯已經被一個服務生攙扶着回了房間。

突然發生的事情令大廳裏所有的人都感到震驚，看到萊曼等人跑上樓去，亨克經理也飛快地跑向電梯，可是電梯還要等一會兒才下來，於是他迅速跑向樓梯。

322房間門口圍着不少人，萊曼和海德伸着脖子往裏面看，看樣子想等道格拉斯説出罪犯是誰，因為他們知道，已經被抓走的漢斯個子不高，不能算是高大的男人。

「你們都幹什麼呢？」亨克走了上來，表情非常嚴肅，「一點規矩都沒有。」

「我們想……」

「幹你們的工作去！」亨克吼起來。

在萊曼的印象中，他還沒有這樣兇過。

房間裏道格拉斯似乎在和一個服務生説着什麼，亨克馬上走了進去。

「太好了，他恢復記憶了。」亨克説着靠近道格拉斯，猛地伸出了手。

一隻隱形的魔爪伸向道格拉斯，只要擊中任何部位都會讓他一命嗚呼。

「啪——」一聲巨響，就在那隻魔爪馬上要接觸到道格拉斯的時候，一堵無影牆擋了過來。

「無影鋼鐵牆！」説話的是海倫，她和博士、本傑明突然在房間裏現身。

與此同時，海倫和本傑明同時向亨克拋出了顯形粉，博士在後面怒視着亨克。再後面是探長，他用槍對準了亨克。兩個警察急忙帶着道格拉斯和他的母親，迅速離開這個充滿危險的房間。

「果然是你！吸血鬼！給我顯形！」

顯形粉飛撒之下，一個樣子嚇人的吸血鬼出現在人們的眼前，地上倒着亨克的身體。亨克死了，確切地説他早就死了，他的魂早被吸血鬼吞吃了，吸血鬼佔用的只是他的身軀。吸血鬼兩眼巨大，眼珠幾乎全是白的，他的牙齒外露，又尖又長，兩個爪子像枯樹幹，整個身體發黑。

「啊——」除了博士和他的助手外，在場的人都尖

叫起來。

「你們設圈套！」吸血鬼回頭怒視着博士。

「吸血鬼，你馬上鑽進來。」博士拿出一個裝魔瓶，「省得我動手！」

「裝魔瓶！」吸血鬼顯然知道這種專門給他們預備的降服物的厲害，「你是資深魔法師？」

「知道就快鑽進來。」博士命令他。

「不！」

「亨克被你害了！你附在他體內！」博士喊起來，看來吸血鬼害的不僅僅是那些旅客。

吸血鬼以極快的速度飛向窗戶，他想從那裏逃跑。

「啪！」

吸血鬼一下就被彈了回來，原來他重重地撞到博士已經在窗戶那裏預設好了的無影鋼鐵牆上。吸血鬼在地上打了個滾，一下又爬了起來。

「我殺了你！」吸血鬼怒吼着飛向博士，在半空中伸出魔爪猛擊博士。

博士馬上出手相迎，「啪」，又是一聲巨響，博士倒退了幾步，吸血鬼也倒在地上。看到吸血鬼倒在地上，本來驚恐萬狀的人們膽子大起來，海德舉起一個花

瓶就砸過去，花瓶砸在吸血鬼身上一下就碎了。吸血鬼很快一躍站了起來。

「砰……砰……砰……」在探長的帶領下，幾個警察衝他連續射擊。

子彈打在吸血鬼身上，穿過他的身體卻沒有打倒他。吸血鬼突然冷笑起來，這可嚇壞了向他開槍的幾個警察。

「他不怕子彈！」海倫説着衝向吸血鬼，本傑明也跟了上去。

「凝固氣流彈！」海倫一伸手，一股強大的氣流衝向吸血鬼。吸血鬼看見一股氣流飛來，馬上伸出兩隻爪子去擋。

「噹！」一聲巨響，這種聲音好像兩塊金屬物發出的撞擊聲。

「啊！」吸血鬼慘叫一聲，他的兩隻爪子差點被震斷，他慌忙向窗邊退去。

本傑明騰空而起攔在吸血鬼面前，並飛起一腳猛踢他的腹部。吸血鬼很靈活地躍起，本傑明沒有踢中，自己還差點摔倒。此時吸血鬼從半空中落下，他的雙腿直奔本傑明頭部踢去，一旦踢中將使本傑明非死即傷。

「長臂解圍！」關鍵時刻海倫和博士同時大喊一聲，只見海倫和博士的雙手一下就伸長了七、八米。四隻長臂很快推開了本傑明，接着長臂馬上縮回，恢復正常，而這一切也就在一秒鐘內發生。

旁邊圍觀的人都看得説不出話來，瞪着眼睛傻傻地看着這一幕。

「咔嚓！」吸血鬼的腿沒有踢中本傑明，但是掃到一個茶几，那個茶几頓時被踢得粉碎。

吸血鬼剛剛落地，本傑明和海倫馬上各自出拳擊中他的後背，「啪！」、「啪！」兩聲，吸血鬼遭到重擊，差點被打倒在地。他掙扎着站了起來，跑到了

窗戶邊，用盡力氣去撞那隱形的鋼鐵牆想往外逃。

　　漢斯不知道什麼時候也跑了進來，他見吸血鬼要逃跑，舉起一隻茶杯砸了過去，茶杯砸中了吸血鬼後碎成幾片。吸血鬼回頭惡狠狠地看看漢斯，然後發瘋般的又去撞無影鋼鐵牆。

　　「轟」的一聲，鋼鐵牆和窗戶一起被他撞開，吸血鬼一下飛出了窗戶。

　　「他要跑了！」萊曼着急地喊起來，「快抓住他！」

　　「跑不了的！」博士說道。

　　吸血鬼飛出窗戶，看看外面沒有誰攔截他，正在暗自慶幸。突然，樓下草坪上一隻小狗顯身出現，這正是隱身埋伏在此的保羅，只見他後背上的追妖導彈發射架打開。

「颼——」一枚追妖導彈飛了出來，尾部噴着火舌直向吸血鬼飛去。

吸血鬼馬上躲避，導彈鎖定目標不放，直奔他的頭部飛來，眼看將要命中目標，那傢伙馬上用左手一擋。

「轟——」隨着一聲爆炸，吸血鬼的左胳膊被炸飛了，他慘叫着落到地上。博士他們趴在窗戶邊看着這驚險的一幕。

「颼」又一枚導彈飛了過來，吸血鬼馬上用右手一擋——右手也被炸飛了。

「再來一枚。」保羅喊道。

接着，一枚導彈飛出直接命中吸血鬼，他的胸部被炸了個大窟窿。

「好呀！」樓上傳來歡呼聲。

「好了，保羅。」博士在樓上喊，「他跑不了了。」

「博士的經費有限。」本傑明也向下喊，「少打一枚導彈吧。」

「好啊——成功啦！」保羅衝上去高興地叫起來，還使勁搖着尾巴。

吸血鬼躺在地上，拚命喘氣。他在地上痛得直哼

哼，兇狠的樣子全沒有了。海倫拋出綑妖繩綑住他，然後拽着他飛進了322這個他曾經作惡的房間。

吸血鬼被拖到房間靠近窗戶的地板上，漢斯和萊曼等人慢慢地走近他，他的模樣令人不寒而慄。這時，亨克的身體已被警察抬出了房間。

「你叫什麼名字？」博士問他。

吸血鬼沒有回答，一直躺在地上呻吟着。

「馬上把道格拉斯的魔法解除，讓他恢復記憶。」

「不！」

「他可真頑固呀。」本傑明對大家說。

「我真沒有看出來！」萊曼走過去猛踢他幾腳，「你還害了亨克！」

「我也沒有看出來。」海德說，「原來經理是魔怪，還把我招聘進來。」

「你們能看出來那我們就失業了。」海倫想，不過她沒有說出來。

「我把他裝進來。」博士說着拿出裝魔瓶。

「好！」大家齊聲叫道。

「等一下。」探長走了過來，他低頭看看吸血鬼，「我開槍打中他的頭了，怎麼沒有痕跡呀？」

「他不怕一般的子彈。」不知什麼時候保羅走了過來，「我的導彈是特製的，對他才有殺傷力。」

「好了，我來裝他。」博士走近吸血鬼。

「不要把我裝進去。」吸血鬼喊起來，但是他的口氣還是惡狠狠的，「這裏死的人不全是我害的，像那個奧地利本國的老頭是自己發心臟病死的。」

「你怎麼讓醫生看不出那些受害者身上有傷口的呢？」探長小心翼翼地靠近這個面目極其醜陋的吸血鬼。

吸血鬼沒有說話，只是狠狠地瞪着探長。

「你是不是用了快速癒合傷口的魔法？那幾次你可是有充分的時間施展你的魔法呀。」博士明確地指出了吸血鬼的作案手段，「你還用你的魔力讓法醫覺得那些受害者是突發心臟病死亡的。」

「你知道還問！」吸血鬼衝博士咧了咧牙。

「你快把道格拉斯先生身上的魔法解除。」海倫上去踢了他一腳，「讓他恢復記憶！」

「不可能！」吸血鬼還是不答應。

「看我把他裝進去！」博士說着打開了瓶子蓋。

「不。」那個魔怪好像想起了什麼，他突然叫起

來，接着他提出了條件，「我答應解除道格拉斯的魔法，不過你要告訴我你是怎麼發現我的！你們設計抓我，太狡猾了！」

「這個我可以告訴你。」博士收起了裝魔瓶，找了把椅子坐下，大家都圍過來站在博士身後，「你說我們狡猾，我們有時候也覺得你狡猾，不過說你狡猾吧，其實你也很蠢，你畢竟不是我們人類的對手。」

「快告訴我，你怎麼發現我的？」吸血鬼口氣還是很強硬。

「你聽着！」博士衝他大聲喝道。

「第一，我們在你謀害道格拉斯的時候最先趕到現場，並沒有發現漢斯的鈕扣，而後來拉爾森探長發現了鈕扣，我們就知道漢斯受到陷害，那鈕扣是你在我們走後放進去的。」

拉爾森探長聽到這裏臉馬上就紅了。

「第二，你在吸道格拉斯的血的時候我們突然闖入，你附在亨克體內無法飛走，只能跳窗倉促逃跑，回到你在二樓的值班室。道格拉斯失去的記憶，是你後來和漢斯他們送道格拉斯下樓的時候抹去的。你的魔法高超，我的助手海倫跟在你旁邊也沒有發現你動手抹去

了道格拉斯的記憶。你附在亨克體內蒙住了不少人的眼睛，」博士指了指保羅，「連我們裝載了魔怪預警裝置的機械狗都沒發現作案現場有魔怪痕跡，你站在我面前我也沒認出你是個吸血鬼。」

整個房間一片寂靜，大家都在聽博士講話，空氣此時好像都凝結了。

「可是你們最終還是發現他了。」漢斯小聲説道，聲音小得幾乎聽不見。

「那是因為他連續兩次出現在我們316房間門口都沒有進來。」博士看看漢斯，然後指指倒在地上的吸血鬼，「那個房間我撒了魔怪顯形粉，任何魔怪哪怕是隱藏在人的身體內也會立即顯形，凡是魔怪對顯形粉都很敏感，這傢伙也不例外。第一次他把道格拉斯的母親送到我們房間，剛想進來卻立即站在門口。」

「我當然不能進去，我懂得你們這些蠢魔法師的低級把戲！」吸血鬼頂了博士一句。

「哼，你還不是被顯形粉顯形了？」博士説，「可惡的是，在你知道我們是魔法師後，你就製造出第二宗案件，謀害勃蘭特先生然後嫁禍給我們。不過那天晚上不是你值班，你根本不知道我們已經在凌晨十二點多換

到了302房間，三點多鐘你潛入勃蘭特的房間，將他打暈並偷了他的信用卡，然後往316房間裏扔。」

「這傢伙真是罪大惡極！」漢斯在一邊大聲罵起來，「可憐的亨克也被他害了！」

「其實我真正懷疑『亨克』是第二次他出現在316房間門口。」博士看了看身邊的漢斯，然後又轉向吸血鬼，「拉爾森探長叫你進來想告訴你不要打掃房間的事情，你推說樓下前台有電話跑開了，而我和拉爾森探長緊接着下樓去醫院看勃蘭特，我特別留意了一下前台，那裏沒有『亨克』經理，我馬上問了一個服務生，他說根本沒有什麼電話找『亨克』經理，不過直到那時你也只是最大的懷疑對象。」

在場的人此時沒有不佩服博士斷案的精確細微。吸血鬼聽得直發愣，他一直以為自己很聰明，沒想到出了這麼多紕漏。

「然後你就設計抓我，你——」吸血鬼吃力地抬起頭看看博士，恨不得把博士吞下去。

「沒錯，漢斯是博士為了迷惑你，才讓我抓走的。」探長得意地對吸血鬼說，「我還抓走了博士和他的小助手，不過他們沒被警車帶走而是隱身下車先上了

樓。而道格拉斯和他媽媽的出場，還有他媽媽故意大喊兒子恢復記憶也是事先安排好的，你果然上當。」

「我沒上樓。」小狗保羅跟着説道，他在對探長的話進行補充，順便出出風頭，「我也會隱身，我隱身到了322房間窗戶下的草坪等着你，這也是博士安排的。」

吸血鬼徹底耷拉下腦袋，躺在地上一句話也説不出來。

「我問你個問題。」博士看看吸血鬼，「你怎麼總在巴登旅館作案，不去別的地方？」

「憑什麼要我去別的地方？這是我的城堡，你們都滾出我馮‧施泰因男爵的城堡！」

「馮‧施泰因男爵！」萊曼突然大叫起來，「我知道他，我看過一本介紹巴登古堡的書籍，上面説這個古堡曾住過一個叫馮‧施泰因男爵，非常壞，害死過很多

人！後來被仇家勒死了！」

「原來如此！生前害人，被慘殺後變成鬼還出來害人！」博士大喊一聲，「我說那個『亨克』怎麼剛來這裏上班很快就熟悉這裏的通道了，原來他剛來這裏上班就被你害了並附入體內！」

吸血鬼的罪惡行徑被徹底揭穿，他痛苦地閉上了眼睛。

原來他就是最早建造這個城堡的馮·施泰因男爵，他活着的時候就是一個幹盡了壞事的傢伙，想不到死後變成吸血鬼仍然出來作惡。他恨透每個進入城堡的人，尤其是巴登城堡幾年前被改造成旅館後人來人往，這是他最不願意看到的，同時也給他提供了害人的機會。

「現在你該給道格拉斯先生恢復記憶了吧？」海倫問道，「該說的我們都說了。」

「不！」吸血鬼只說了這麼一個字就一言不發了。

在場的人們都氣壞了，漢斯和海德衝上去狠狠地踢那個吸血鬼，博士過去把他倆拉開。

「我來收拾他。」博士說着重新拿出裝魔瓶，「沒他我們也能救道格拉斯。」

「繩子飛開，魔怪進來！」博士開始唸口訣，只見

綑妖繩先飛回海倫手裏，接着這個叫馮‧施泰因的吸血鬼漸漸變小，並慢慢飛進了博士的裝魔瓶。

「三天以後他就完全化掉了。」博士邊蓋上瓶蓋邊說。

尾聲

巴登旅館完全恢復平靜了，不會再有什麼魔怪出現在這裏了。

博士和他的助手以及道格拉斯一家要回英國，探長親自開車送他們到達機場，同去的還有漢斯、萊曼等服務生。

探長和漢斯等人一路上不停地誇獎博士導演的好戲，說博士和他的助手們是真正的神探、福爾摩斯再生、天下第一……誇得博士他們臉都紅了，只有保羅拚命點頭得意洋洋，他就是喜歡被人誇。

大家在機場依依不捨地分了手，相約日後再見。

兩年以後，在夏天的一個下午，海倫接到一個電話，是完全恢復記憶的道格拉斯打來的。他回想起那天，說是那個叫「亨克」的經理說要看看他的傷口，敲開了門，然後他就被「亨克」擊倒在地了，當然他現在已經知道亨克也是受害者。

他感謝博士他們救了他，還感謝這兩年來一直給他提供急救水。

接了這個電話，海倫心裏美滋滋的。

麥克警長，蘇格蘭場（倫敦警察廳）高級督察，南森和警方的聯絡人，也是一名大偵探，屢破奇案。當然，他所偵辦的都是人類世界中的案件。一起來看看他偵辦過的案件，運用你的推理能力，想一想他是如何破案的呢？

真心購買

麥克警長開車下班，當他路過肯寧頓公園門口的時候，忽然發現兩個年輕男子扭打在一起了，他立即在路邊停車，拉住了兩個男子。

被拉住的兩個男子，一個叫迪奇，一個叫伊萊特，扭打原因是，迪奇在網上出售一枚祖傳的鑽石戒指，價格六萬鎊，伊萊特講價講到五萬鎊成交，迪奇叫伊萊特在網上支付購貨金額，自己把鑽戒寄給伊萊特，伊萊特說什麼也不肯，一定要見面看貨後一手交錢一手交貨。迪奇想想也對，這麼貴重的鑽戒，買家怎麼也要親眼看看真假或者瑕疵，於是答應晚上六點在肯寧頓公園門口見面交易。不過迪奇說，見面後他拿出鑽戒，伊萊特搶了就跑，自己連忙追上他，並扭打在一起了。迪奇說這根本就是個圈套，伊萊特就是想把自己騙出來，搶了鑽

戒後逃跑，還好被自己追到了，迪奇説伊萊特不知道自己以前曾是名短跑運動員。

「不是這樣的，我是真心購買的。」伊萊特説，「是迪奇看到我真心喜歡這枚鑽戒，忽然恢復到六萬鎊的價格，我氣不過才和他打在一起的，我沒有搶鑽戒。」

此時的鑽戒已經在迪奇手裏了，一時也無法指證伊萊特搶走了鑽戒。麥克警長看了看伊萊特，此時是夏天，他穿着運動衫和運動褲。

「你真心購買鑽戒嗎？」麥克忽然問。

「當然，我帶了現金來的，都是五十鎊一張的。」伊萊特説。

「你開車來的？」麥克又問。

「沒有，走路來的。」伊萊特立即説。

「你根本就不是真心購買鑽戒的，你撒謊了，我知道你剛才搶劫了鑽戒。」麥克警長嚴肅地説。

麥克警長説出了理由，伊萊特低下了頭，他説了謊，他根本就不是真心購買鑽戒的，就是想把賣家騙出來搶劫。

請問，麥克警長發現了什麼令伊萊特承認了搶劫？

答案：麥克警長發現伊萊特根本沒有帶錢來。五十鎊一張，六萬鎊的鑽戒要一千二百張五十鎊的鈔票，這些現金的重量大約是一公斤，所以伊萊特根本沒有帶錢，就是想搶劫。

魔幻偵探所 3

薩爾茨堡吸血案（修訂版）

作　　者：關景峰
繪　　圖：陳焯嘉
策　　劃：甄艷慈
責任編輯：周詩韵　葉楚溶
美術設計：李成宇
出　　版：新雅文化事業有限公司
　　　　　香港英皇道499號北角工業大廈18樓
　　　　　電話：（852）2138 7998
　　　　　傳真：（852）2597 4003
　　　　　網址：http://www.sunya.com.hk
　　　　　電郵：marketing@sunya.com.hk
發　　行：香港聯合書刊物流有限公司
　　　　　香港新界大埔汀麗路36號中華商務印刷大廈3字樓
　　　　　電話：（852）2150 2100　傳真：（852）2407 3062
　　　　　電郵：info@suplogistics.com.hk
印　　刷：中華商務彩色印刷有限公司
　　　　　香港新界大埔汀麗路36號
版　　次：二〇一九年五月初版

ISBN：978-962-08-7290-7